푸조나무 아래서

푸조나무 아래서

김정원 산문집

빛나는 작가는 타고나는 것이 아니라 만들어집니다. 신이 작가를 점지하는 것이 아니라, 사람이 작가를 선택하는 것입니다. 그 선택은 자유지만, 결국 운명입니다. 훌륭한 작품에는 신이 내린 영감과 재능보다, 작가가 쏟은 피땀과 시간이 훨씬 깊게 배어 있습니다. 신조차도 흙으로 형상을 빚은 뒤에야 생기, 곧 영혼을 불어넣습니다. 아무것도 없는 공중에 숨결이 갑자기 태어나는 일은 없습니다.

작가는 수없이 시행착오를 겪고, 실패와 좌절에 걸려 넘어지며, 그때마다 포기하지 않고 넘어진 자리를 짚고 다시 일어섭니다. 있는 힘을 다할 때, 영감은 꿈과 열정에 스며들어와 잠들어 있던 무엇인가를 깨워 일으킵니다. 영감은 찰나에 번뜩이는 '굿 아이디어'가 아니라, 지난하게 쌓아 올린 노고에 내려앉는 불씨입니다. 그 불씨는 혼신으로 갈무리의 어머니가 되어, 지금껏 존재하지 않았던 세계를 펼쳐 보이는 작품으로 타오릅니다. 그렇게 탄생한 작품은 시대마다 여러 사람에게 거듭납니다. 위대한 고전이 불멸하는 까닭입니다.

불멸하는 문장들 덕분에 『푸조나무 아래서』를 냅니다. 새내기 산문집답게 어설픕니다. 너무 나무라지 않기를 바랄 뿐입니다.

대나무골에서

김 정 원

제1부

풀국

다행히, 불길한 예측이 빗나갔다. 엄청난 걱정은 기우였다. 해가 바뀐 새천년에도, 정작 바뀌길 바라던 대학 입시 철 모습은 변함이 없었다.

하루는 한 학부모님이 경기도 파주에서 전남 담양까지 고3 담임 선생님을 만나러 오셨다. 두 시간 동안 진지하게 진학 상담을 마친 학부모님은, 집으로 돌아가시면서 아들을 잘 부탁한다며, 선생님 호주머니에 돈봉투를 쑤셔주셨다. 선생님은 복잡한 속마음을 감추고 겉으론 고맙다 인사하며 배웅했다.

다음 날 아침, 선생님은 일부러 일찍 학교에 출근해 학부모님께 편지를 썼다. 핵심 내용은 이러했다.

"KJ 어머님, 어제는 얼굴을 뵙고 KJ가 꿈꾸는 진학을 이야기할 수 있어 기뻤습니다. 조금도 오해하거나 민망해하거나 걱정하지 마십시오. 어머님의 성심을 충분히 이해했고, 마음으로 거리낌 없이 받았습니다. KJ가 바라는 대학 학과에 들어갈 수 있도록 온 힘을 다해 정보를 모으고 안내하며 돕겠습니다."

선생님은 얼마인지 보지도 않고, 빳빳한 10,000원짜리 지폐들을 고스란히 종이로 싸서 시집과 함께 봉투에 넣었다. 그리고 조례가 끝나자마자 수북우체국으로 달려가 빠른 등기 우편으로 학부모님께 돌려보냈다.

3년 뒤, KJ의 동생이 전국 단위 H고등학교 신입생 모집에 최종 합격했다. 입학식 날, 그의 어머님이 나에게 다가와 조용히 귀띔하셨다.

"제가 둘째 아들에게 이 학교 입학을 강력하게 권유했습니다. 집에서 미리 면접도 함께 연습해 보았고, 자기소개서 쓰는 일도 거들어 주었습니다. 큰아이 보낼 때 경험을 바탕으로 해서요. 다시 3년 동안 이 학교 학부모가 되어서 기쁩니다."

부산 사내

YB가 우리 학교에 입학했다. 부산시에서 높은 지리산을 넘어 전라남도 시골까지 유학 온 유일한 학생이었다. 당시 지역 정서로 봐서는 참으로 놀라운 사건이었다. 그는 순하고 착하고 묵묵한 경상도 사내였다.

3월 1일, 만세삼창으로 입학식을 마친 뒤였다. 그의 어머니와 아버지가 아들을 기숙사에 떼어 놓고 집으로 돌아가시면서 피에르 쌍소의 『느리게 산다는 것의 의미』를 내게 주시며 말씀하셨다. "아이가 어려서 아무것도 모릅니다. 기숙사 생활을 어떻게 할지 걱정이 앞섭니다. 집이 멀어 선생님을 자주 찾아뵙지도 못합니다, 염치없지만 선생님이 잘 돌봐 주십시오."라는 간절한 부탁이었다.

YB에게는 다행이었을지, 불행이었을지 알 수 없으나, 나는 3년 내내 그의 담임을 했다. 미안했다. 그의 처지에서 이런 푸념까지 해보았다. '어떻게 고등학교 시절 내내 한 담임만 만나게 배정할 수 있을까. 이것은 컴퓨터가 저지른 폭행이나 다름없다.' 3학년 1학기를 시작하기 전에 그에게 바보스럽게 물었다. "담임교사 바꾸고 싶지 않니? 네가 원하면 바꿀 수 있어." 그러나 그는 아무런 대꾸도, 내색도 하지 않았다.

　YB가 졸업하고 서울에 있는 대학에 갔다. 언제 휴학하고 입대했는지는 모르지만, 어느 날 그가 군대에서 휴가를 나와 경기도 부천에서 내게 장거리 전화를 했다. 언제 한 번 틈을 내서 꼭 모교 선생님들을 찾아뵙겠다는 기특한 언약이었다. 그런데 그 뒤로 아무런 소식이 없었다. 오랫동안 무소식이 희소식이라고 스스로 위안했다.

　그런데도 내심 그의 소식이 궁금했던지, 또 졸업한 제자들이 그리웠던지, 관방제 국수 거리에서 고3 재학생들과 비빔국수를 먹던 어느 초가을날이었다. 문득 시가 나에게 찾아왔다. 시는 순식간에 휘발하기 때문에, 나는 곧장 뮤즈가 불러주는 대로 꾸밈없이 받아 적었다. 「국수는 내가 살게」를 순산하는 순간이었다.

말로만 듣던

고3 생활이 매우 매운 모양이다

9월 수능 모의고사가 끝나고

목구멍에 걸린 가시처럼

진로 고민을 삼키지 못해 속 앓는 아이와

속 풀기 위해 영산강 상류 뚝방에 올라

담양 진우네 국숫집에서

얼얼한 비빔국수를 시켜 먹는다

펄펄 끓는 가마솥에서 갓 꺼낸

삶은 달걀 세 개도 추가한다

아름드리 느티나무 푸조나무 그늘이 식히는
뜨거운 고민을 한 알씩 나눠 먹고
담임선생 노릇하는 내가 대신 소화해줄 수 없는
그의 몫인 듯 남은 한 개를 슬그머니
발 앞에 밀어 굴리니
그가 겸연쩍게 집어 들면서 말한다

제가 나중에 출세해 돈 벌면
선생님 모시고 국수 사 드리고
관방천도 함께 산책할게요
그때까지 꼭 우리 학교에 계셔야 해요

졸업하고 17년이 지났지만
그는 아직 학교에 오지 않았다

요즘도 가끔 학교생활이 버거운 아이들과
맛도 간판도 변함없는 그 국숫집에서
국수를 후루룩거릴 때면
나는 속으로 이들의 대선배에게 묻곤 한다

같이 국수 사 먹고 관방천 걷는 데도

출세까지 해야 하니?

나에겐 출세 못 하고 돈 못 벌어도 너이고

출세하고 떼돈 벌어도 여전히 너인데

구두 약속은 공소시효가 없으니까

혹 24번 국도를 지날 일 있거든

네 모교 한번 들르렴

국수는 내가 살게

- 김정원, 「국수는 내가 살게」 전문

대안학교에서 고등학생들과 지낼 때 일이다. 우리 학교는 '하나님 사랑', '이웃 사랑', '자연 사랑'을 교육 이념으로 삼았다. 특히 '이웃 사랑' 실천이 중요한, 살아 있는 교육이라고 생각해서, 전교생 기숙사 생활을 의무화했다. 한 학년에 100명이 한 울타리 안에서 함께 먹고 자고 공부하며 공동체 정신을 기르는 게 목표였다. 사제동행! 교사들은 낮엔 가르치고 밤엔 사감 노릇을 했다. 봉급은 적었지만, 입시와 암기와 주입식 교육에서 탈피하여, 적성과 흥미와 개성에 맞는 교육을 해보겠다는 의지와 자부심으로 모인 교사들이라 어려운 두 가지 일을 군소리 없이 감당해 나갔다.

전국에서 중학생들이 모여들었다. 까다로운 서류 심사와 긴장감 넘치는 면접시험을 통과하고 선발된 신입생들은, 자란 지역에 따라 말투, 식습관, 청결, 놀이, 공부와 취침 시간… 모두 달랐다. 기초 학력 차이도 있었지만, 방과 후 교육활동으로 격차를 줄여나갔다. '자연 사랑' 이념에 맞는 옷 만들기, 손 모내기, 집짓기 같은 생태 과목도 마련했다. 그중 텃밭 가꾸기는 실습 위주로 수업했고. 모든 학생이 이수해야 할 과목이었다.

3월 초, 새로운 환경에 들어온 신입생들은 아직 중학생티를 벗지 못한 여린 아이들이었다. 모든 것이 낯설고 서먹서먹했다. 삽질은 어설펐고, 지렁이를 보고 놀라기도 했다. 학교 식당 밥도 잘 먹지 못했다. 영양사님은 자연 사랑을 고집하며 유기농 채소를 고기보다 자주 식단에 올렸다. 피자, 치킨, 콜라, 햄버거에 익숙한 아이들 입맛에 맞을 리 없었다. 하루는 서울에 사는 한 신입생 학부모님이 나에게 전화하셨다.

"선생님, 지난주 토요일 LS가 집에 와서는 학교에서 점심으로 새파란 풀국을 주었다며, 한 숟가락도 떠먹을 수가 없었다고 투덜댔어요. 무슨 영문인지 아십니까?"

나는 곧장 식당으로 달려가 영양사님께 여쭈었다.

"하하하, 그거 보릿국인데요. 그 학생 말도 틀린 말은 아니네요. 청보리도 풀이니까요."

사람은 밥을 먹어야 산다. 아무리 과학 기술이 발달해도, 로봇, 인공지능, 인공위성, 반도체, 자동차, 스마트폰, 주식, 화폐를 먹고 살 수는 없다. 적어도 우리가 날마다 먹는 밥이 어디서 어떻게 오는지는 알아야 하지 않겠는가. 그래야 감사하는 마음도 생기지 않겠는가. 국어, 영어, 수학, 과학 성적을 올려서 좋은 대학 가려고 치열하게 경쟁할 줄은 알아도, 벼를 '쌀나무'라고 아는 아이가 자연 사랑과 이웃 사랑을 실천하기란 마른 솔밭에서 바늘 찾기와 같으리라.

　국가가 요구하는 틀에 박힌 국민교육에서 벗어나 사람을 사랑하고 자연을 즐기며 선한 영성을 기르는 자유교육을 선도하는 작은 대안학교에 희망이 있다. 봄이면 식탁에 '풀국'을 올리는 작은 대안학교가 인성 교육, 생태 교육, 생명 존중을 가꾸는 대안이 될 수 있다고 믿기 때문이다.

세 번 매화 피고
세 번 매실 따면

·

세 번 감자 묻고
세 번 감자 캐면

세 번 모를 내고
세 번 벼를 베면

빈 당산나무는 조용히 바라본다
흰 교문을 벗어나는 햇곡식들을

멀리서 오는
새 발걸음을

– 김정원, 「시골 학교-졸업」 전문

교육은 유행하는 서비스가 아니다. 학생들에게 꼭 필요한 자양분을 채워주는 일이다. 낯선 환경에 적응하고 예상치 못한 상황에 대처하는 순발력을 길러주는 일이다. 그래서 우리는 혀끝에 단 지식 대신, 씹을수록 구수한 '풀국'을 뚝심 있게 내민 것이다. 생명이 흙과 땀에서 온다는 이 투박한 진실 앞에서, 학생들이 세상 구경꾼이 아닌 당당한 주인으로 자라길 바라면서. 이곳에서 길러낸 촌스럽고 건강한 야성, 이것이야말로 훗날 삭막한 도시에서도 인간 존엄을 팔팔 숨 쉬게 할 가장 튼튼한 면역력이다.

의도한 바람직한 행위라 할지라도, 교육에는 정답이 없다. 사람을 대상으로 교육을 실험해서도 안 된다. 교육은 고정되지 않은 삶의 길 위에 서 있는 대자존재임을 늘 기억해야 한다.

　1990년대 후반, 우리나라에 몇몇 대안학교들이 등장했다. 대안학교가 지향하는 교육은 입시 공부에서 벗어난 자연 체험, 인성 함양, 민주시민 양성, 예능과 철학이었다. 대안학교마다 설립 정신과 교육 방법은 달랐지만, 학생들이 자연 감수성을 회복하여 고운 영성을 지니도록 자연 체험 학습을 중시하는 교육은 모두 비슷했다.

　우리 학교는 지리산 종주, 텃밭 가꾸기, 농촌봉사활동을 자연 체험 학습 필수과목으로 교육과정에 편성했다. 학생들은 나흘 동안 배낭을 메고 지리산을 걸었고, 텃밭에서 채소와 과일을 가꾸고 동물을 길렀다. 봄에는 손 모내기를, 가을에는 낫으로 벼를 벴다. 주말에는 부모님에게 자랑하려고 자기가 가꾼 채소와 곡식을 집에 가져가는 학생도 있었다.

　이론 수업에서는 농업 선생님이 흙의 중요성을 강조했다. 건강한 흙이 병충해를 이기고 튼튼한 곡식을 키운다면서, 농약이나 화학비료 대신 숙성한 퇴비를 써야 한다고 가르쳤다. 그리고 흙을 살리는 고마운 일꾼, 지렁이를 자세히 설명했다.

　"지렁이는 한자로 지룡(地龍), 토룡(土龍)이라고 합니다. 지렁이가 없었다면 농경 역사는 지금쯤 어찌 되었을까요? 지렁이는 문명이 발생하기 전부터 먹이사슬 최하위에서 묵묵히 흙을 일구어온 고마운 일꾼입니다. 이 환형동물을 우리는 환영하고 사랑해야 합니다. 지렁이는 유기물을 먹고 배설하는 과정에서 토양을 비옥하게 하고 질감도 좋게 만듭니다. 지렁이가 배설한 흙, 분변토는 인간이 얻을 수 있는 가장 깨끗하고 안전한 거름입니다. 지렁이가 많이 사는 땅은 건강한 땅입니다…"

SG는 서울에서 온 학생이었다. 자율 복장인 우리 학교에서 혼자 구두를 신고 양복을 입었다. 그가 가장 싫어하는 과목은 텃밭 가꾸기였다. 신발이나 바지에 흙이 조금이라도 묻으면 기겁하고 더럽다며 텃밭에서 뛰쳐나가곤 했다.

여름방학이 가까워진 어느 비 오는 날 오후였다. 농업 선생님과 나는 시장에서 채소 모종을 사 들고 텃밭으로 갔다. 주말인데도 한 학생이 홀로 삽을 들고 텃밭에서 서성거리고 있었다. 가까이 가보니 바로 SG였다. 우리는 의아해서 그에게 물었다.

"지금 여기서 혼자 뭐 하니, 비 맞고?"
"삽으로 지렁이를 운동장에서 텃밭으로 옮겨주고 있습니다."

우리는 아무 말도 못 하고 그 자리에 얼어붙었다. 눈시울이 뜨거웠다. 평소 아무것도 듣지 않고 잠만 자는 듯 보이던 그가 농업 수업을 하면서 이렇게 변했을까? 실은 그는 다 보고, 듣고, 생각하며, 흙과 생명의 소중함을 이미 깨닫고 있었다. 속 깊은 그를 오해한 내가 무척이나 부끄러웠다. 물론, 그는 학교생활을 즐겁게 하고 아무 일 없이 졸업했다.

그날 나는 「지렁이」이란 산문시를 썼다.

공룡과 사촌인 듯, 알에서 깨어난 지렁이는 대한민국 축산법으로 꿀벌과 함께 당당하게 가축이라는 사실을 아는 사람은 몇 없지요. 지룡, 곧 땅의 용이란 이름은 거창하지만, 지렁이는 먹이사슬 최하층에 있어 나약하기 짝이 없지요. 아무에게도 해코지할 줄 모르고 좋은 일만 하면서 둥글게 살지요. 착하고 조용히 살면 바보 취급하고 속이는 천적이 많은 세상. 지하에서는 두더지가 잡아먹고 지상에서는 새가 쪼아먹고 물속에서는 고기가 떼어먹지요. 세상에서 가장 기름지고 안전한 거름인 분변토로, 미생물과 곡식에 산소와 질소를 풍부하게 공급하여 생명을 가꾸는 땅의 왕.

그가 없으면 모두 죽는데도, 잔인하고 파렴치한 자본가와 그 사냥개 노릇을 자처하는 수구 정권의 이빨은, 사회 저변을 튼튼하게 지탱하는 노동자를 마구 짓밟고 물어뜯고, 마침내는 죽이려고 엄청난 손해배상과 가압류로 노동조합을 동강 내지요. 그러나 몸을 동강 내도 그는 죽지 않은 꿈으로 꿈틀거려서 몸을 다시 완성하지요. 잠깐 억누르고 이긴다고 끝끝내 승리한 것이 아님을 증명하는 그는, 낮은 곳에서 어두울수록 더욱 밝고 부드럽고 질기지요.

교사는 학생들 앞에서 군대 지휘관처럼 "나를 따르라!"가 아니라, 삶으로 앞장서서 보여줘야 한다. 다그치지 않고 오래 참음으로 학생을 믿고 기다려주는 사람, 학생과 친구가 되어 땅을 밟고 희망을 이야기하며 앞날을 꿈꾸는 사람, 학생 인권과 교권이 대립하지 않게 서로 존중하며 상생을 실천하는 사람, 이런 사람이 학생을 진정으로 사랑하는 교사다.

나는 평교사로 명예퇴직했다. 지금은 고향에 돌아와 짐을 풀고 소요유(逍遙遊) 하며 여생을 보내고 있다. 꽃과 채소를 가꾸고, 나무를 심고, 차를 마시고, 음악을 듣고, 책을 읽고, 영화를 보고, 산책하면서. 동심을 잊지 않으려고 어린이와 어른이 함께 읽을 수 있는 시도 쓰면서. 홀가분하게 인생 후반기를 일구고 있다.

반복하지 않으려고 기억한다

내가 간직한 교육 좌우명은 오랜 시간 변함이 없었다.

학생도, 교사도, 학부모도 지금 여기서 즐겁게 살자. 오늘 누릴 행복을 내일로 미루지 말자.

나라 경제가 무너져 구조조정이 밥 먹듯이 일어나던 해였다. 나는 겁도 없이 자원하여 도시 학교에 사표를 던지고 시골 대안학교를 찾아갔다. 당시 대안학교는 이제 막 싹을 틔우던 시기였다. 제도는 엉성했고 살림살이는 불안했다. 연봉은 턱없이 적었고 그마저도 제때 나오지 않기 일쑤였다. 정체성 없이 나아갈 방향조차 흐릿했다. 그런데도 우리는 그곳에 모였다. 입시 경쟁에서 상처 입은 아이들, 제도권 교육에 적응하지 못하는 아이들, 그 어디에도 마음 붙이지 못한 아이들을 품고 싶었다. 아이들을 행복하게 하는 새로운 교육의 길을 내고 싶다는 마음 하나였다. 지금 돌아보면 무모한 용기였고, 동시에 젊은 날이 뿜어낸 순수한 열망이었다.

나는 고3 담임이자 영어를 가르치는 교사로 아이들과 큰 다툼없이 지냈다. 교사로서 제법 단단해졌다고 믿던 때였다. 그런데 한 학생이 자꾸 마음에 걸렸다. 청소와 종례를 하지 않고 생활관으로 도망치듯 가버리는 아이였다. 처음에는 모른 척 넘겼고, 다음에는 애써 이해하려 했다. 하지만 행동이 되풀이되자 내 안에서 '질서'와 '공정'이라는 잣대가 꿈틀거렸다. 어느 금요일 오후, 수업을 마친 뒤 그를 교무실로 불렀다. 이유를 묻자, 아이는 정직하게 대답했다.

"청소하기 싫어서요."

나는 다시 물었다.

"네가 하지 않으면 누군가는 네 몫까지 해야 해. 그건 다른 사람을 힘들게 하는 일이야. 그렇지 않니?"

아이는 고개를 끄덕였다. 그 짧은 순간, 나는 이미 결론을 내리고 있었다. 교사라는 이름으로, 규칙이라는 명분으로 나는 매를 들었다. 학부모가 맡기고 간 '사랑의 매'로 아이의 종아리를 때리며 말했다.

"이건 네가 잘못한 대가다."

그러나 나는 알고 있었다. 그것은 사랑이 아니었다. 교육적인 판단이라기보다 내 안에서 끓어오른 화를 정당화한 짓이었다. 아이의 태도를 바로잡는다는 핑계를 대고, 나는 가장 쉬운 방법으로 힘을 휘둘렀다. 퇴근길, 논밭 사이로 난 길을 혼자 걸었다. 해는 기울고 마을은 고요했다. 그런데 내 마음은 조금도 가라앉지 않았다. 내 속에서 물음이 꼬리에 꼬리를 물고 이어졌다.

'이 세상에 정말 매를 맞아야 할 사람이 있을까?', '무엇이 매를 맞을 만큼 큰 잘못일까?', '그 기준은 누가, 무슨 자격으로 정하는가?'

집에 돌아와 몸을 씻었다. 몸은 가벼워졌으나 마음은 천 근 무게로 내려앉았다. 심란한 마음에 저녁밥도 거르고 책상 앞에 앉았다. 멍하니 책꽂이를 바라보다가 낡은 일기장 하나를 꺼냈다. 초등학교 4학년 때 쓴, 종이 빛이 누렇게 바랜 공책이었다. 몇 장을 넘기던 나는 그만 바닥에 주저앉고 말았다. 삐뚤빼뚤한 글씨가 눈에 박혔다.

"나는 아이를 때리는 선생님이 가장 싫다."

이 문장은 아무런 설명도, 비난도 없이 나를 정확히 겨냥했다. 나는 한동안 일기장을 덮지 못했다. 어린 시절의 내가 지금의 나를 뚫어지게 쳐다보고 있었다. 내가 세상에서 가장 싫어하던 선생 얼굴을 지금 내가 하고 있었다. 부끄러움은 아리게 뼛속을 파고들었다. 그것은 단순한 후회가 아니었다. 내 삶 전체를 송두리째 흔드는 크나큰 회의였다.

아, 앞뒤가 다른 이 비루한 인생이라니! 나는 도대체 어떤 선생이 되어가고 있는가?

그 학생이 오늘 일을 잊기 전에, 어쩌면 평생 지워지지 않을 상처로 마음속에 굳어지기 전에 찾아가야겠다고 결심했다. 그러나 사과는 나를 합리화하는 변명이어선 안 되었다. 무엇 때문에 그랬는지 따져서도 안 되었다. 이해를 바라는 말도, 구차한 설명도 필요 없었다. 다만 머리를 숙이고 잘못을 인정하며 용서를 빌어야 했다.

그 무엇보다 이 일을 잊지 않으려고 했다. 다시는 같은 잘못을 저지르지 않으려고, 아이에게 남긴 상처를 없애려는 게 아니라 적어도 더는 상처를 만들지 않으려고, 나는 주저 없이 그에게 달려갔다. 어둠이 내려앉기 시작한 운동장을 가로질러 생활관으로 뛰어가며 생각

했다. 기억은 때로 무거운 짐이 되지만, 어떤 기억은 우리 삶을 지탱
하는 단단한 뼈대가 되기도 한다는 것을.

1. GS칼텍스

교단에 서 있을 때, 마음이 통하는 동료 교사가 있었다. 별명은 '칼있으마'. 성품이 칼같이 곧고 카리스마가 있다 하여 학생들이 붙여준 별스러운 이름이었다. 학생들은 그를 그냥 '카리스마'로 부르면 재미없어서, 그 대신 '칼있으마'라고 희화해 불렀다.

'칼있으마' 선생은 짜장면, 칼국수 같은 밀가루 음식을 무척이나 좋아했다. 교직원 회식 때면 양식집은 극구 사양하고, 꼭 중화요리집이나 국숫집에 가자고 동료들을 구슬렸다. 술은 독한 고량주를 즐겨 마셨는데, 얼른 취해서는 '홀로 아리랑'을 장전하고 발사했다.

그가 칼국수를 얼마나 좋아했으면, 그의 눈에는 기름조차 칼국수로 보였을까? 겨울방학이 끝나갈 무렵, 그가 진로진학실에서 내게 말했다.

"형님, 어젯밤 버스 안에서 보니까, 출퇴근길 중간쯤에 넓고 깔끔한 칼국수 집이 생겼습디다. 오늘 소주 한잔 거나하게 걸치러 같이 가봅시다."

수업을 마치고 저녁에 서둘러 그 칼국수 집을 찾아갔다. 그런데 아무리 찾아봐도 칼국수 집이 보이지 않았다. 아! 그건 칼국수 집이 아니라 GS칼텍스 주유소였던 것. 그런데도 그는 여전히 말꼬리를 감추지 않고 끌었다.

"분명, 내 두 눈으로 LED 간판에 '칼국수'라는 글자가 반짝반짝 빛나며 지나가는 걸 보았는데…"

내 두 눈으로 똑똑히 보았다고 그것이 정말 진실일까? 동치미가 익는 겨울밤, 흘러간 칼국수를 좋아한 "칼있으마" 동료 교사를 생각하며, 나타샤를 사랑한 백석 시인을 소환해 국수를 음미해 본다.

아, 이 반가운 것은 무엇인가
이 히수무레하고 부드럽고 수수하고 슴슴한 것은 무엇인가
겨울밤 쩡하니 닉은 동티미국을 좋아하고 얼얼한 댕추가루를 좋아하고 싱
싱한 산 꿩의 고기를 좋아하고
그리고 담배 내음새 탄수 내음새 또 수육을 삶는 육수국 내음새 자욱한
더북한 삻방 쩔쩔 끓는 아르궅을 좋아하는 이것은 무엇인가

이 조용한 마을과 이 마을의 으젓한 사람들과 살틀하니 친한 것은 무엇인가
이 그지없이 고담(枯淡)하고 소박(素朴)한 것은 무엇인가

– 백석, 「국수」 부분

2. 길

　충북 청주로 시 낭송 모꼬지에 가는 길, 점심때가 되어 고속도로 죽암휴게소에 들렀다. 주문한 명동칼국수가 나왔다. 식탁 앞에 앉아 쟁반을 내려다보니 칼국수 한 그릇, 반찬 세 가지, 젓가락 한 모, 그리고 나이프 한 개가 놓여 있었다.

　나는 왜 나이프를 가져왔을까? 평소 양식을 즐기지도 않았는데 말이다. 칼국수라 '칼'이 필요하다는 무의식의 명령을 받고 손이 챙긴 걸까? 아니면 숟가락이 눈 깜짝할 사이 칼로 둔갑한 걸까? 아무리 생각의 실타래를 되감아도 그 이유를 알 길이 없었다. 내가 겨우 알아낸 것은 '나는 나를 모른다. 나는 나를 믿지 못한다.'라는 무지와 불신뿐이었다.

　"너 자신을 알라." 이 말을 굳이 빌리지 않아도, 사람은 자신을 모르고 믿지 못한다. 우리가 걸어온 길을 되돌아보면 알 수 있다. 그 길이 얼마나 구부러졌고, 실수투성이였고, 배신했는지를. 길은 사람을 밖에서 안으로 끌고 들어가 자신을 깊이 들여다보게 한다. 길이 밖이 아니라 안으로 나 있다는 것을 아는 사람에게만, 길은 순한 어린양이 되고 꽃이 되고 그늘이 된다. "꽃으로 제 몸을 수놓아 향기를 더하기도 하고 / 그늘을 드리워 사람들이 땀을 식히게도"(신경림, 「길」 부분) 하는 길이 사람에게 세상 사는 슬기를 보여 준다.

3. 독각(獨覺)

고속도로 위에서 졸음운전이 개인의 비극을 부르는 사고라고 한다면, 지금 지구에서 벌어지는 생태계 파괴와 기후 붕괴는 인류의 공멸을 자초하는 집단 졸음운전이다. 핸들을 꺾어야 할 때를 놓친 관성, 보고 싶은 것만 보는 편리한 착각은 단순한 실수가 아니다. 그것은 찻잔 속의 미풍으로 끝날 일을 거대한 해일로 키우고, 결국 돌이킬 수 없는 파국이라는 '나쁜 빅뱅'을 잉태하는 어머니가 된다.

우리는 이 파멸의 속도계 앞에서도, 해마다 봄이 오는 것을 마치 맡겨놓은 물건을 찾듯 당연하게 여긴다. 하지만 착각하지 말아야 한다. 지금의 기후 위기 속에서 어김없이 봄이 찾아온다는 것은 당연한 자연법칙이 아니라, 지구가 우리에게 베푸는 마지막 유예이자 기적에 가깝다는 것을. 그러니 짙은 안개 속에서 길을 찾듯, 우리는 겸손히 귀를 열어야 한다. 저 굳게 닫힌 빗장을 풀고, 겨우내 죽음과 싸워 이겨낸 봄을 '생존의 증거'로서 우리 안으로 정중히 모셔야 한다.

생각해 보라. 태초 빅뱅이 무질서한 폭발로 우주를 열었다면, 봄은 그 차가운 허무와 모진 눈보라를 뚫고 생명의 질서를 세우는 창조의 부활이다. 그러니 간절히 기다리는 가슴에만 훈장 같은 꽃을 달아주려 애써 찾아오는 이 봄이야말로, 물리적인 빅뱅보다 더 위대하고 엄중한 사건이 아닐까?

우리가 살아 있는 동안, 파멸의 관성을 멈추고 저 따사로운 임을 마주할 기회는 과연 몇 번이나 더 남아 있을까. 스스로 깨어, 그 소중함을 바로 보아야 할 때다.

새로운 학교인 대안학교에서 고3 학생들과 진로진학 상담할 때, 나는 학생들에게 성적을 물어본 적이 없다. 성적을 따져 대학을 맞춰 준 적도, 기어이 대학에 가라고 권유한 적도 없다. 대학에 가겠다고 찾아온 학생들에게 다음 네 가지를 먼저 물어본다.

첫 번째 물음

- 대학은 왜 가려고 하는가?

두 번째 물음

- 학과는 정했는가?

세 번째 물음

- 네가 가고자 하는 학과 교수는 알아보았는가?

마지막 물음

- 그 대학 학과를 졸업하고 사회에 어떻게 이바지할 것인가?

성적이 우수한 JA가 대학에 가지 않고 곧바로 취업하겠다고 한다. 그가 대학에 마음이 끌리지 않는 이유 서너 가지를 늘어놓더니, 무슨 일을 하면 좋겠냐고 묻는다. 나는 잠시 생각하다가 내 이상인 직업관을 털어놓는다.

돈을 많이 주는 일터도 찾지 마라. 일하기 수월한 일터도 바라지 마라. 높은 자리를 제의하는 일터도 마다하라. 소신껏 일하고 당당하게 대가 받는 일터, 네 능력이 백이라면 칠십을 요구하고 쉼과 창조 공간으로 삼십이 보장되는 일터(마음을 비우고 멀리 보면서 이런 일터를 찾을 수 있다면), 무엇보다도 네 이웃이 꽃이고, 그 꽃이 농부이면 득달같이 달려가라. 소농(小農)의 자식인 나는 농부를 교수보다 더 존경한다. 너도 농부가 되지 않을래? 참된 농부는 자본의 비인간성을 물리치는 우리 시대의 마지막 시인이자 철학자다. 농사는 힘들지만, 인간이 하는 일 가운데서 가장 크고 고귀하고 근본이 되는 일이다. 아무리 과학과 기술이 고도로 발달해도 사람은 밥을 먹어야 살지 반도체와 로봇과 인공지능을 먹고는 살 수 없기 때문이다. 장일순 선생이 "밥 한 사발을 먹는 것이 우주와 함께하는 것이다." 하고 말한 그 밥을 생산하는 사람이 농부다. 농업은 인간과 함께 시작하고 끝날 일이다. 이보다 더 중대하고 보람차고 무궁한 일이 우리 사는 이 세상에 있겠니? 내 말은 참고만 하고 중요한 것은, 네가 하고픈 일과 해야 할 일을 하는 것이다. 즐겁고 건강하게 삶을 누리려면.

네 즐거움을 장래로 미루지 마라. 지금 여기서 즐겨라. 네 나이 때
만 누릴 수 있는 즐거움이 있다. 모든 일은 다 때가 있다.

 푸조나무 아래서

깎인 자리마다 볕이 든다

우리는 산꼭대기에서 태어난 바위 조각들이었습니다. 태생부터 날이 섰죠. 그래서 추락했던 것입니다. 좁은 골짜기를 구르며 서로를 찔렀습니다. 생존하려면 긁히고 피 흘리는 게 전부인 줄 알았습니다. 당신 모서리가 내 살을 파고들 때, 나 역시 보복하듯 뾰족한 끝으로 당신을 할퀴었으니까요.

그러나 긴 물길 따라 부딪치며 알게 되었습니다. 그 부딪침은 상처가 아니라 감각이었음을. 혼자서는 깎아낼 수 없는 모난 구석을 당신이 갈아준 겁니다. 거센 물살 속에서 우리는 살을 비비며 매끄러워지는 숫돌이 되어주었습니다. '나'라는 고집이 깎여 나간 자리에 '우리'가 들어설 틈이 생긴 겁니다.

하류에 닿은 지금, 우리는 작고 둥근 모래알이 되었습니다. 몸집이 작아졌다고 슬퍼 마세요. 내 몸의 부피가 줄어든 만큼, 그만큼 당신에게 내어줄 곁이 생겼으니까요. 메를로 퐁티는 『보이는 것과 보이지 않는 것』에서 "내 몸은 세계의 살(Chair)로 이루어져 있다.", "내 몸은 세계의 살(Flesh)에 휘감겨 있다."라고 했습니다. 그 말처럼 이제 우리는 남남으로 밀어내는 게 아니라, 서로서로 살 속으로 부드럽게 스며듭니다. 둥근 어깨를 맞대고 촘촘히 섞여도 더는 아프지 않습니다.

함께 산다는 건 이렇게 둥글게 얽히는 일입니다. 나를 깎아 당신에게 자리를 내어주고, 당신이 깎인 공간에 내가 들어가는 일. 서로 기대어 누운 바닷가 모래밭 위로 햇살이 살포시 내려와 안깁니다. 깎인 틈이 있어야 빛도 깃드는 법입니다.

서로를 깎아내며 보낸 아픈 시간은 헛되지 않았습니다. 모난 데 없이 둥글어진 마음들이 모여 단단한 '살의 대지'를 이루었으니까요. 이제 어떤 거센 파도가 덮쳐와도 우리는 쉽게 흩어지지 않을 겁니다.

제1부 풀국

낯에는 고추잠자리가 얇은 날개를 가볍게 젓는다. 밤에는 귀뚜라미가 알토로 세레나데를 뽑는다. 곱게 늙어가는 나무는 단풍 붓을 들고 산꼭대기부터 산자락까지 울긋불긋하게 풍경화를 그리며 천천히 내려온다. 벼는 들판에서 황금빛 물결을 출렁이며 겸손하게 고개를 숙인다. 책 읽기에 좋은 계절이다. 독서는 과시가 아니다. 고요히 마음에 양식을 쌓는 행위다. 나를 읽고 사람을 읽고 세상을 읽는 일이다. 가을은 밤이든 낮이든 책을 펼치고 책 속으로 여행하기에 좋은 때다.

나의 행복을 미리 노래하고 간

나의 친구들을 거기서 만난다

아, 가장 아름다운 영혼의 주택들

아, 가장 높은 정신의 城(성)들

그리고 가장 거룩한 영혼의 무덤들

그들의 일생은 거기에 묻혀 있다

나의 슬픔과 나의 괴롬과

나의 희망을 노래하여 주는

내 친구들의 썩지 않는 영혼을

나는 거기서 만난다

그리고 힘주어 손을 잡는다

- 김현승, 「책과의 여행」 부분

　나는 인문학과 자연과학을 공부하기 좋아한다. 논문 작성에 집중할 필요가 있는 참고 문헌 외에는 폭넓은 독서를 즐긴다. 음식을 편식하면 영양실조에 걸리듯, 독서도 마찬가지다. 오직 한 갈래 책만 읽으면 생각이 좁아지고 편견의 지하에 갇힌다. 상식은 부족하고 지식은 절름발이가 된다. 전문가가 되려는 목적이 아니다. 마음에 풍요로운 양식을 쌓고 교양을 갖춘 인간으로 만족하며 살고 싶은 까닭에, 나는 다양한 책을 읽는다. 물론, 내가 특히 좋아하고 여러 번 펼쳐 읽는 책들은 있다.

　학생들이 가끔 나에게 묻는다. 어떤 책을 읽어야 합니까? 어떤 책이 좋은지 어떻게 알 수 있습니까? 하고. 나는 독서에는 왕도가 없다는 사실을 먼저 말해 준 뒤 이렇게 대답한다.

　남이 좋다고 추천하는 책이나, 필독 도서 목록에 오른 책이 너에게 맞을 수도 있고 그렇지 않을 수도 있다. 간단히 말하면, 책의 갈래를

　　　　　　　　　　　　　　　　　　　　　　　　푸조나무 아래서

따지지 말고 읽으라. 네가 책을 읽으면서 재미를 느끼고 공감(+감화)하며 배울 수 있으면, 그것이 바로 너에게 좋은 책이다. 이런 책이 바로 너의 영혼과 궁합이 맞다. 프란츠 카프카가 말한 "우리 마음속에 꽁꽁 얼어붙은 바다, 즉 감수성을 깨는 도끼" 같은 책을 읽어라. 너와 궁합이 맞는 책을 읽고 즐기고 깨달아도 평생 다 읽지 못하고 눈을 감는다. 머리에 쥐가 나도록 어렵기만 하고 도무지 읽히지 않는 책을 억지로 붙들고 씨름하며 시간을 낭비하지 마라. 그것은 독서에 대한 흥미만 떨어뜨릴 뿐이다. 남의 시선을 의식하지 마라. 지식을 자랑하려는 허영의 옷을 벗어 버려라. 네가 어떤 분야에서는 바보임을 자신에게 인정하라. 모르는 것을 공부하고 부족한 부분을 채우는 독서가 가장 큰 행복이다. 다른 많은 분야를 안다고 해서 반드시 행복한 것도 아니다. 또, 어떤 분야를 모른다고 해서 딱히 불행한 것도 아니다. 가만히 너 자신을 들여다보면, 너에게도 너만 알고 남이 알지 못하는 보석 같은 분야가 있다. 다만, 어린아이의 호기심으로 네가 무엇을 모르는지 아는 일이 가장 중요하다. 그래야 그 자리서부터 앎의 여정이 시작된다.

선풍기는 복면을 뒤집어쓴 채 구석에 박혀 잠들어 있다. 에어컨은 입을 앙다문 채 천장에 붙어 침묵한다. 하늘은 높고 파랗다. 덥지도 않고 춥지도 않다. 모기가 방해하지도 않는다. 코스모스 꽃길에서는 느릿느릿 걸으며 깊은 생각에 잠기기에, 책상 앞에서는 새록새록 깨달으며 독서하기에 더없이 좋은 철이다. 사람이 발을 딛지 않은 길은 진정한 길이 아니다. 책 속에는 앞서 살다 간 사람들이 걸었던 길이 남아 있다. 그 길을 따라가며 참사람이 되자. 참사람이 되어 사람답게 사는 새길을 개척하자. 신용호 교보 창립자가 말한 대로 "사람은 책을 만들고, 책은 사람을 만든다."

우상을 깨고 핀 불가능한 사랑

주님, 제 안에 높이 세운 가짜 성전을 무너뜨려 주십시오. 제 경험의 벽돌과 제 이해의 시멘트로 견고하게 쌓아 올린 '나의 하느님'이라는 우상을 파괴해 주십시오. 그 신은 거룩함이 아니라 두려움이 만든 피난처였고, 기도를 가장한 보험증서였으며, 외로움을 견디려고 제가 빚어낸 금송아지였습니다. 저는 안전을 조건으로 당신을 계약했고, 복종을 가장한 거래로 당신을 제 안에 가두었습니다.

하루살이가 우주의 운행을 논하듯, 저는 당신을 정의하려 들었습니다. 손톱만 한 체험 하나를 붙들고 그것을 당신의 전부라 믿었으며, 바닷물 한 방울을 길어 올려 심해의 깊이를 안다고 착각했습니다. 그 교만한 이해는 티끌보다 작은 소음에 불과했지만, 저는 그것을 진리라 부르며 다른 사람을 재단했습니다. 주님, 굳어버린 목을 꺾어 주십시오. 확신으로 뻣뻣해진 혀를 부러뜨려 다시 당신 앞에 말을 잃은 존재로 서게 하소서.

제 속은 너무 좁아 진리는 늘 상처를 입었습니다. 밴댕이 같은 제 내장에 아집은 돌처럼 굳어 있었고, 확신은 칼날처럼 사람들을 베었습니다. 주님, 도려내 주십시오. 찢어내 주십시오. 피가 흐르고 살이 찢기는 고통이 따르더라도 저를 끝까지 비워 주십시오. 그래야 의미가 무너진 자리에 인간의 언어를 넘어선 당신의 침묵이 깃들 수 있고, 이해가 멎은 폐허 위에 당신의 숨결이 조용히 내려앉을 수 있습니다.

이제야 씻긴 눈으로 세상을 봅니다. 가르쳐야 할 대상이 아니라 머리 숙여 바라보아야 할 작은 우주로 아이들을 올려다봅니다. 그들은 교정해야 할 문장이 아니라 이미 완결된 한 편의 시였습니다. 제 사랑은 늘 조건을 달았지만, 당신의 시각은 존재 그 자체를 무조건 긍정합니다. 이해하지 못해도 떠나지 않고, 기대에 미치지 못해도 끌어안는 그 불합리하고도 기적 같은 사랑을 저는 당신의 눈을 빌려 감히 꿈꾸기 시작합니다.

현실을 직시하면서도 불가능을 포기하지 않았던 체 게바라처럼, 저 또한 영적 혁명가가 되게 하소서. 계산 앞에서는 냉정하되 사랑 앞에서는 비현실적으로 무모한 사람으로 살게 하소서. 내 안의 가짜 신이 죽은 그 잿더미 위에서, 마침내 피어나는 '사랑'이라는 이름의 참된 신을, 오늘 이 폐허 한가운데서 만나게 하소서.

맹자

공자가 인자한 훈장이었다면, 맹자는 시대를 바꾸려는 투사였다. 맹자는 임금의 권위에 거리낌 없이 맞섰다. 오늘날 민주주의의 지도자조차 놀랄 만큼 진보적인 사상가였다.

맹자가 왕에게 물었다.
"긴 여행을 떠나면서 친구에게 가족을 부탁했는데, 돌아와 보니 가족들이 굶주리고 있다면, 당신은 어떻게 하시겠습니까?"

왕이 대답했다.
"그 친구는 믿을 수 없으니 버릴 것이오."

맹자가 다시 물었다.
"왕께서 관리를 임명했는데, 그가 백성을 제대로 돌보지 않는다면 어쩌시겠습니까?"

왕이 대답했다.
"그를 해임할 것이오."

맹자가 세 번째로 물었다.

"그렇다면, 한 나라를 맡은 사람이 백성을 굶주리게 한다면, 그때는 어떻게 해야 하는지 묻고 싶습니다."

왕은 당황하여 답하지 못하고 서둘러 말을 돌렸다.

맹자는 뿌리 깊은 민본주의자였다. 그에게는 백성이 우주의 중심이었다. 그는 "백성이 가장 소중하다. 국가가 그다음이요, 임금은 더 가벼운 존재이다."라는 사상을 가졌다. 더 나아가 임금답지 못한 임금은 왕좌에서 끌어내려야 한다고 주장한 혁명가였다. 백성이 임금을 위해 있는 것이 아니라, 임금이 백성을 위해 있어야 한다는 믿음이었다. 지배 계층이 맹자를 위험한 인물로 보고 멀리했던 까닭이 바로 이것이었다.

맹자는 또한 인간에 대한 불신에 맞서 싸웠다. 인간 본성이 태어날 때부터 선하다는 성선설을 내세웠다. 이는 인간을 믿고 백성을 아끼는 마음에서 비롯되었다. 지배 계층은 인간이 악하다는 전제로 엄한 처벌을 정당화하는 데 성악설을 이용할 수 있었다. 이를 꿰뚫어 보고 성선설을 주장했다. 성선설은 인간에 대한 사랑을 바탕으로 백성을 돌보는 정책을 펼칠 가능성이 크기 때문이었다.

맹자는 모든 사람에게는 차마 남을 모른 척하지 못하는 마음이 있다고 했다. 이것이 불인인지심(不忍人之心)이다. 이 마음에는 네 가지 실마리가 있다. 우리가 아는 사단은 측은지심, 수오지심, 사양지심,

 푸조나무 아래서

시비지심이다.

남을 불쌍히 여기는 측은지심(惻隱之心)은 인(仁), 즉 사랑의 실마리다.

불의를 부끄러워하는 수오지심(羞惡之心)은 의(義), 즉 옳음의 실마리다

남을 존중하는 사양지심(辭讓之心)은 예(禮), 즉 도리의 실마리다.

옳고 그름을 가리는 시비지심(是非之心)은 지(知), 즉 앎의 실마리다.

맹자는 "네 가지 실마리가 있으면서도 할 수 없다고 말하는 자는 자신을 해치는 자요, 통치자더러 할 수 없다고 말하는 자는 통치자를 해치는 자다." 하고 강력하게 경고했다.

2천 5백여 년 전에 맹자가 남긴 이 가르침과 정신은 21세기를 사는 우리에게도 여전히 소중하고 유효하다.

맥도널드 문화

버려야 얻는다. 비워야 채운다. 별다른 바람도, 욕심도 없다. 큰 잘못도 없다. 후회하지 않으리라. 얽매이지 말자. 내 시간을 갖자. 기쁘게 사는 일이 하느님 뜻이다. 내일 일은 내일 생각하자. 생계 문제를 따지기 전에 가난을 누릴 각오하자. 사랑하는 학생들과 문사철(文史哲)을 이야기하고 영화를 볼 수 없어서 서운하다. 그러나 미련에 설고 픈 듯 서운할 때 떠나는 모습이 아름답다. IMF 때 경제적 어려움을 무릅쓰고 자원했던 대안학교, 이제 내 두 발로 떠난다. 정년퇴직까지 4년을 남겨두고 과감하게 명예퇴직을 신청한다.

명퇴는 시원한 명태탕이다. 고기보다 국물이 더 시원히 좋다. 속이 풀린다. 아침에 출근할 걱정 없이 새벽까지 책을 읽을 수 있어서 좋다. 글을 쓰고 음악을 듣고 영화를 볼 수 있어서 좋다. 해가 중천에 떠서 햇살이 침실을 온통 점령해도 이불속에서 게으름을 피울 수 있어서 좋다. 점심을 먹고 영산강을 따라 광주까지 산책한다. 철새와 물고기, 들꽃을 넋 놓고 오랫동안 바라볼 수 있어서 좋다. 자전거 타고 강둑길을 달리는 낯선 사람들과 서슴없이 인사하고, 길을 안내할 수 있어서 좋다. 손바닥만 한 텃밭에서 상추와 고추, 민들레한테 물과 퇴비를 고루 뿌리고, 우주 만물을 창조하시고 보기 좋아하시는 하느님처럼, 흡족히 해를 바라볼 수 있어서 좋다. 백일홍에 빨대를 꽂고 꿀을 빠는 모시나비와 사이좋게 놀 수 있어서 좋다.

적막한 한낮, 사과나무 밑에 숨죽이던 날쌘 고양이가 번개처럼 참새를 낚아챈다. 불간섭 원칙, 먹이사슬, 산다는 것은 무엇일까, 잠시 생각한다. 들길을 걷다 구절초가 퍽 예뻐서 한 그루 캐어와 뜨락에 심는다. 뿌리, 줄기, 이파리, 꽃을 연필로 세밀히 그려가며 오랜만에 자율학습다운 자율학습을 한다.

음력 9월 9일 중양절에 약효가 가장 좋다는 구절초. 줄기 마디가 단오에는 다섯, 중양절에는 아홉이 된다는 뜻이다. 줄기는 곧게 서고, 잎은 깃 모양으로 잘게 갈라진다. 9월에서 11월에 흰색이나 연한 분홍색 꽃이 가지 끝에 핀다. 열매는 둥근 형태를 유지하며 씨앗을 맺는다. 껍질이 갈라지지 않는 모습이다.

태를 묻었던 고향에 40여 년 만에 돌아와 여생을 보내려고 괴나리봇짐을 푼다. 생가에서 조금 먼, 담양읍에서 용면으로 넘어가는 언덕에 자리한 신흥마을. 그 한가운데 누옥을 마련하고 사철 푸른 죽녹원 대나무를 쳐다본다. 관방제를 걷는다. 팽나무, 느티나무, 푸조나무, 단풍나무, 곰의말채나무, 상수리나무를 찬찬히 들여다본다. 나무 이름을 외우고 생김새와 특징에 주목한다. 팽나무와 느티나무와 푸조나무를 금방 구별하기는 어렵다. 나무 몸통과 이파리가 세쌍둥이 같다. 서너 번 보아서는 알 수가 없다. 사계절을 지내며 잎과 껍질, 가지와 열매를 자꾸 봐야 한다. 반복하는 관찰과 학습이 필요하다. 가장 확실하게 익히는 공부는 잎 생김새와 껍질 무늬를 들여다보고, 그려보고, 만져 보는 일이다. 예비 시인이 좋은 시를 소리 내어 읽고 필사하고 모방하듯이.

관방제 반대편, 담양읍을 에돌아 흐르는 백진강 건너, 둑길에는 우람한 양버즘나무가 팔을 높이 들고 기도한다. 여름에는 이파리가 우거져 나무 굴을 이룬다. 무성해서 날카로운 햇빛도 감히 침투하지 못한다. 주변 목백합과 어울려 푸르름과 그늘을 선사하는 죽녹원 정문 광장, 나무 밑 대나무 의자에 앉아 있으면 선선한 바람이 분다. 여름인지 가을인지 어리둥절하다. 한가하게 혼자 냉커피를 홀짝인다. 사념이라곤 없다. 그야말로 사무사(思無邪) 그 자체다. 부러울 것도, 바랄 것도 없다. 애써 배울 것도 없다. 배우면 배울수록 더 배우게 되는 건 편협과 무지고, 사도 바울이 꼬집는 것처럼 "지식은 사람을 교만하게"(고린도전서 8장) 할 뿐이다. 내 방식대로 자연을 즐긴다. 내면에서 절로 어깨춤이 솟는 삶을 노래할 수밖에 없다.

처서가 지나고, 극성스럽고 예리한 모기 입이 순해진다. 귀가 따갑게 낭자하던 매미 울음도 부드러워진다. 아침저녁으로 바람이 제법 싸늘하게 분다. 샘가를 지나다 보니 간밤에 빗방울을 붙잡고 낙하한 금붕어 두 마리. 돌확 안에서 갈바람과 어깨동무하고 유유히 헤엄친다. 붉은 단풍잎이다.

울긋불긋한 등산복을 입은 관광객이 몰려온다. 국립목포대학교 담양 캠퍼스 주차장에는 대형 버스가 가득하다. 국수의 거리와 떡갈비 음식점에는 손님들이 북적댄다. 관방제림, 양버즘나무길, 메타세쿼이아랜드에는 낙엽이 두껍게 쌓인다. 젊은이들은 낙엽을 한 움큼

씩 집어 들어 공중으로 힘껏 던진다. 낙엽이 머리 위에 흩어져 쏟아지는 순간을 영리한 스마트폰이 잽싸게 포착한다. 갤러리에 간직한다. "시몬, 너는 좋으냐? 낙엽 밟는 소리가. 발로 밟으면 낙엽은 영혼처럼 운다. 낙엽은 날갯소리와 여자의 옷자락 소리를 낸다." 어린아이는 레미 드 구르몽의 시를 두 발로 읊듯이 신바람 나게 낙엽을 밭갈이하며 나아간다. 부모도 신명 나게 불안한 어린아이의 직립보행에 박수를 보내며 사진을 찍는다. 밤이 오고 바람이 분다. 모두 돌아가고 거리는 아주 쓸쓸하다. 혼자 집으로 돌아가는 길이다. 가로등이 어둠을 오려내는 향교교를 걷는다. '너도 낙엽이다.' 발밑 메마른 낙우송 낙엽이 잊고 살았던 메멘토 모리(memento mori)를 일깨운다.

멀리서 일 년 만에 오시는 백의 손님, 첫눈이 내린다. 딱새처럼 뜬금없이 찾아온 옛벗과 마루에서 따뜻한 차를 마신다. 사사로운 생각이나 감정을 서로 터놓는다. 누가 먼저랄 것 없이 이야기는 중고등학교 시절과 고향으로 달음질친다. 마을 뒤 저수지 둑에서 카세트를 시끄럽게 틀어 놓고 여자애들과 음주가무를 즐기던 일, 친구네 닭을 몰래 훔쳐 잡아먹던 일, 들판 짚단에 불을 지르던 일, 부잣집 단감을 서리하던 일, 얼어붙은 둠벙에서 썰매 타던 일, 눈 쌓인 들판에서 꿩 몰이하던 일…. 몹시 시망스럽게 놀았던 우리는 뜨거운 눈물이 나도록 그때가 그립다. 둘 다 한참 말을 잇지 못한다. 아픈 것도, 추한 것도, 즐거운 일도, 뼈아픈 후회도 지나면 다 추억이 된다. 추억은 하나 빼놓을 것 없이 모두 아름답다. 그런데, 안타까운 일은 그 추억을 함께 나눌 수 없이 벌써 이 세상을 하직한 친구도 있다는 사실이다. 어처구니없는 사고와 몹쓸 중병으로 일찍 떠난 친구들 소식에 가슴이 에이고 인생이 덧없다. 눈길에 발자국 남기고 벗도 떠난다. 마루도 썰렁하게 겨울이 깊어져 간다. 겨울이 깊으면 봄도 멀지 않다.

봄까치꽃이 피고 얼음새꽃이 핀다. 개나리가 화개 바통을 받을 때, 이웃집 할머니께 여쭈어본다. 지금 텃밭에 무슨 씨앗을 뿌려야 하나고. 농사 전문가이고 김치도 주시는 살가운 어른들이 계셔서 좋다. 학동마을 메타세쿼이아는 늘씬한 연둣빛 촛불이 된다. 시대의 어둠을 사르고 역사의 봄을 꽃피운다.

나는 다시 점심 먹고 영산강을 거슬러 추월산까지 산책한다. 오리와 잉어와 냉이꽃을 오랫동안 바라본다. 집 안 텃밭에서 부추와 시금치와 엉겅퀴한테 물과 거름을 고루 뿌린다. 노랑나비와 게으르게 논다. 아, 지난해처럼 모든 일을 건강하게 되풀이할 수 있어서 좋아라. 유명하지 않아도, 부귀하지 않아도, 봄·여름·가을·겨울을 거침없이, 남김없이 즐길 수 있어서 좋다. 지금 여기 살아있음만으로도 가슴 벅차다.

부러 노자와 장자를 들먹이지 않으련다. 급히 돌아가야 하고, 착실히 준비해야 하고, 말끔히 정장해야 하고, 좌우로 줄을 서야 하고, 비밀을 굳게 지켜야 하고, 경쟁해야 하고, 최선을 다해야 하는 일을 만들지 않는다. 소속도, 계급도 없이 봄바람처럼 느긋이 걷는다. 나를 춤추게 하는 것은 적은 밥, 많은 자유, 더 많은 고독이다.

나는 왜 더 일찍 명퇴하지 못했을까? 밥 말고 더 많은 자유와 고독을 누리지 못했을까? 간소하게 의식주를 자급하고, 소박한 삶으로

자족하는 나날이다. 변방에서 꾸밈없이 시 한 편 쓰고 하염없이 남산
을 바라본다.

유월 초순인데도 한낮 기온이 수은주 끝으로 돌진한다. 영상 37도. 이 맹렬한 더위가 한여름이 되면 체감온도 40도를 일상으로 만들까 두렵다. 우리가 화석 연료에 기댄 탓이다. 자원과 물을 물 쓰듯 쓴 탓이다. 이제라도 탄소를 뿜어내지 않는 풍력과 태양열과 지열을 널리 보급하여 하나뿐인 지구를 온전하게 다음 세대에게 물려줄 수 있게 애써야 한다.

죽녹원 어귀 광장 분수대, 맹종죽처럼 곧게 솟아오르는 물기둥이 보인다. 아이들은 옷 입은 채 물기둥 사이를 헤집고 다니며 천진하게 뛰어논다. 비발디의 「사계」 중 '여름' 악장에 맞추어 물기둥이 커졌다, 작아졌다 춤추고, 허공에서 떨어지는 물방울이 바닥에 닿을 때마다, 타닥타닥 마른 장작 타는 소리를 내며 무더위를 몰아낸다. 개구쟁이들은 물기둥을 발로 밟고, 손으로 만지고, 머리로 맞으며, 또는 학교 걸상에 앉듯 엉덩이를 내밀어본다. 우람한 플라타너스 그늘에 기대어 아이들을 바라보니, 나도 문득 시원한 물기둥 사이를 마구 뛰어다니고 싶은 충동에 휩싸인다.

어린이는 하늘이 빚어낸 신비로운 존재다. 때 묻지 않은 순수한 마음으로 세상에 번지는 죄악과 부패의 물줄기를 가로막는다. 단순히

대를 잇는 구실에 머무르지 않고, 이 땅 위에서 우리에게 하늘을 보게 하고 천국을 살게 하는 작은 스승들이다. 예수께서 말씀하시듯, "어린아이와 같지 아니하면 결단코 천국에 들어가지 못하리라." 어린 생명 중 단 한 명이라도 잘못되게 하는 이는, "커다란 맷돌을 목에 걸고 바다에 뛰어드는 것이 낫다." 하고 단호하게 경고도 하신다. 어린이는 썩어가는 강물을 밀어내고 더러운 대기를 씻어내는, 산골짜기에서 솟아나는 맑은 샘물이요, 원시림에서 뿜어져 나오는 산소다. 맑은 샘물과 산소가 없다면, 누가 이 땅에 발붙이고 살 수 있겠는가? 숲을 이루는 나무처럼, 어린이는 인류의 일원으로 자라날 생명이며, 그 자체가 축복이자 은혜다. W. 워즈워스가 노래한 것처럼, "어린이는 어른의 아버지!"다.

예수처럼, 노자 또한 생명의 자주권을 지키는 표상을 천진하고 순결한 어린아이에게서 찾는다. 어린이는 시비를 가르지 않고 선악을 따지지 않는, 때 묻지 않은 순백한 마음, 자연 그 자체를 상징한다. 어린아이가 되라는 것은, 인위적인 판단을 멈추고 구속에서 벗어나 기존 가치와 권위를 깨뜨리라는 주문이다. 이러한 마음을 지닌 이가 곧 시인이고, 동시를 쓰는 사람이다.

이오덕 선생은 "① 정직성 ② 동정심 ③ 물질의 소유나 부를 바라지 않고 ④ 꾸미지 않는 정의감"이 아이들 마음의 세계가 지닌 특성이고, "동시야말로 모든 시의 핵심이 되어야 하고, 가장 시다운 시는 동시여야 한다." 하고 힘주어 말씀하신다. 시인은 동시와 함께 살고 동시가 되어야 한다. 그러나 동시와 함께 살고 동시가 되는 일이 어찌

쉬울까? 동시는 아이 흉내를 내는 유치한 노래가 아니다. 어린이가 되어 가장 깨끗하고 아름다운 마음, 동심이라는 옹달샘에서 솟아나 사람들에게 꿈과 빛과 평화를 흠뻑 적셔주는 어엿한 시다. 이 순수한 노래 앞에서는 어린이 시와 어른 시가 따로 없고, 굳이 동시라는 이름표가 필요하지 않다. 동시는 그냥 시다.

아이를 가르치든, 글을 쓰든, 예술혼을 불태우든, 땅을 일구든, 고기를 잡든, 기계를 만들든, 집을 짓든, 옷을 짓든, 거리를 청소하든, 목회하든, 정치하든, 물건을 사고팔든, 은행에서 돈을 만지든, 회사 문을 드나들든, 나라를 지키든, 그 무슨 일을 하더라도 꾸밈없고 정직한 동심을 잃지 않는 이가 진정으로 큰 사람이다. 그가 걸어가는 발자국마다 세상은 깨끗해지고 역사는 밝게 빛난다.

영산강 건너 산길 들머리에 차를 세운다. 연화사에서 피어난 굴렁쇠 같은 종소리가 사하촌으로 게으르게 굴러간다. 고요한 채소밭에 들어선다. 대나무 뿌리처럼 서로 얽힌 덩굴을 조심스레 끌어당긴다. 지조 있게 꼿꼿이 일어선 고구마순을 뚝뚝 끊어낸다. 소나무들이 어깨를 맞댄 숲 가운데 우뚝 선 벽오동나무 꼭대기에서는 소쩍새가 애달픈 울음을 토해낸다. 온종일 땀 흘린 태양은 서산에 겨우 엉덩이 한쪽만 걸치고 잠깐 숨을 고르는 듯하다. 해가 농익은 홍옥처럼 떨어진다. 가장 아름답게 생을 갈무리하는 노을이 붉게 번진다.

고구마순 가득 담은 광주리를 트렁크에 싣는다. 번져가는 노을을 등에 지고 오던 길을 되짚어 돌아간다. 아차, 조수석 창밖 앞유리창에 꼼짝하지 않고 붙어있는 갈색 메뚜기 한 마리! 출발 전에 보았더라면 훌쩍 날려 보냈을 것을. 일부러 신호등 앞에서 차를 슬그머니 멈출 때도, 양쪽에서 고요를 팽팽하게 잡아당기는 먹줄 같은 국도를 천천히 달릴 때도, 메뚜기는 날아가지 않는다. 나의 바람과 예상을 비웃는 듯, 그 부동자세는 콘크리트 벽처럼 단단하다. 갈수록 더 악착같이 속이 훤히 비치는 밋밋한 유리를 붙잡는다. 마치 벽을 마주하고 참선하는 수도승 같다. 언제든 솟구쳐 오를 수 있는 다리를 뽈쳐럼 세우고 몸과 마음을 닦는, 식도락 수도승. 차 맛을 알고 다도를 깨우친 다산 선생일까? 개밥바라기별이 눈을 뜨자, 차의 전조등을 켠다. 문득 마음속에 시천주(侍天主)와 겸애(兼愛)가 밝게 떠오른다. 예정이든, 우연이든, 멀리서든, 가까이서든, 나도 모르는 사이에 내게 다가오는 모든 존재는 차별 없이 사랑하고, 다정하게 모셔야 할 하늘 같은 님이 아니겠는가!

천지창조 때부터 세상 끝날 때까지 오직 단 한 번뿐이고 단 하나뿐인, 위태로운 나의 하느님과 함께 살갑게, 조심히, 놀랍게 집에 간다.

여주

이 세상에 숨 쉬는 모든 목숨은, 태어나는 순간부터 눈 감을 때까지, 누군가에게 기대어 산다.

'전통 장마'와 '현대 장마'는 기후 위기 시대가 낳은 해괴한 말이다. 옛 장맛비와 달리, 요즈음 장맛비는 이곳저곳을 뛰어다니며 엄청난 물벼락을 쏟아붓는다. 잠시 장맛비가 그친 뒤 뜨락에 나간다. 네발나비가 날아가는 곳을 따라 살금살금 발을 옮긴다. 지루한 장마 속에서도 푸른 넝쿨이 감나무를 휘감아 올라가, 마침맞은 곳에 노란 꽃을 피우고 여주를 낳는다. 전라도에서는 '여자'라고도 하는 여주는, 수세미나 오이처럼 줄기에 매달려 허공에서 속을 채운다. 참참한 살갗을 만져 보면, 눈먼 이가 더듬어도 금방 정체를 알 수 있도록 오톨도톨한 점자가 돋아나 있다. 올려다보니 맨 끝이 독수리 부리처럼 조금 구부려져 있다.

여주는 익어갈수록 주황빛으로 옷을 갈아입고, 무르익으면 몸 아랫부분이 찢어지며 선홍빛 피톨 같은 씨앗을 쏟아낸다. 숙연한 장면이다. 사람들은 혈당을 다스리고, 강력한 항산화 작용으로 면역력을 돋우고, 몸무게를 줄이는 데 좋다 하여, 여주가 탱탱한 청춘일 때 따서 썰고 말려 차로 달여 마신다. 너무 익은 여주는 이내 물러지고 썩어버리기 때문이다.

놀이터에서 다섯 살짜리 아이가 노는 모습을 넋 놓고 바라본다. 마치 토굴에서 화두를 찾으려 참선에 힘쓰는 선승이 저럴까? 아마도 제3차 세계대전이 터진다 해도 꿈쩍하지 않고, 핵무기조차 장난감처럼 가지고 놀 아이. 온통 놀이에 빠져서 진지하게 모래성을 쌓는 아이. 말없이 기도하는 나무처럼, 하늘과 소통하고 땅과 공감하는 아이. 샤를 보들레르는 어린이 마음을 되찾고, 그 진지함을 다시 누리는 어른을 가리켜 천재라고 한다.

놀이터에서 모래성을 쌓는 아이처럼, 나도 감나무 그늘에 들어 혼자 논다. 여주 넝쿨을 놓치지 않고 눈길을 차츰 높여가며 잎과 꽃과 열매를 바라본다. 눈이 하늘에 닿을 때까지. 아이에게 놀이(공부)와 일은 둘이 아니다. 놀이가 곧 일이고, 일이 곧 놀이다. 놀이가 놀이인 줄도 모르고 노는 아이야말로 자연 그 자체다.

내가 한나절 동안 어린 시절로 돌아가, 아무런 생각 없이 여주와 노는 것만으로도, 노란 평화가 활짝 피어난다. 집 나간 동심을 마음속에 모신 순간이다.

 칠월 중순, 아침부터 땡볕이 온 세상을 달군다. 거리에 사람 그림자 찾아보기 어렵다. 차들만 드문드문 오가는 한길. 농협에서 신용카드를 신청하고, 길거리에서 파는 냉커피를 사서 홀짝이며 걷는다. 가시나무가 우람하게 서 있는 텅 빈 중앙공원. 불휘정 옆 평화의 소녀상 빈자리에 앉는다. 고개를 숙이니 발아래 돌판에 새긴 「평화비」가 눈에 들어온다. 이 비문을 쓸 때 무척 고민했던 생각이 난다. '위안부 여성들'이라 할 것인가, '성노예 여성들'이라 할 것인가? 나는 선뜻 결정하지 못하고, 직접 비극을 겪은 할머니에게 조언을 구했다. 그 할머니가 '성노예 여성들'이란 표현보다는 "위안부 여성들'이라는 표현이 좋겠다고 말씀하셨다. 여러 해가 지난 오늘 다시 읽어보니 쑥스럽기 그지없다.

산산이 조각난 소녀의 꿈이여

갈기갈기 찢긴 소녀의 삶이여

일본 정부는

전쟁 피해 위안부 여성들에게

진심으로 사과하고 배상하라

명예를 회복하라

그리하여 아픈 역사를 반복하지 않고

동아시아에서 세계로

평화와 인권을 꽃 피우기 위하여

의향 담양 군민이 한뜻으로

평화의 소녀상을 세우니

푸른 대숲에서 날아올라라

노란 나비여

높이 높이 더 높이

몸을 식히고 일어나 중앙로를 걷는다. 시외버스터미널 앞, 후끈하고 옹색한 시멘트 보도에 한 할머니가 앉아 곡식과 채소와 씨앗들을 늘어놓고 판다. 무심히 지나쳐가다가 문득 뒤를 돌아본다. 돌아가신 어머니께서 살아오신 듯한 모습이다. 할머니께 다시 돌아가 황톳빛 쪽파 씨 한 되를 산다. 사실 이 많은 씨앗을 심을 만한 땅도 없는데 말이다. "가을에 먹으려면 지금 심고, 이른 봄에 먹으려면 구월에 심어." 할머니는 파종 시기와 방법까지 일러준다.

호주머니에서 스마트폰을 꺼내 멀리서 기념사진을 찍고, 집으로 돌아가는 길에서야 생각한다. 이 쪽파 씨를 산 일이 충동구매가 아닌, 또, 우연이 아닌 필연이었음을. 이 일은 값싼 연민이나 동정심에서 새어 나온 행동이 아니다. 누군가에게 칭찬받으려고 한 착한 일도 아니다. 보는 이도 없고, 칭찬해 줄 이도 없다. 아무런 목적도, 관계도, 계획도, 방향도 없이 그저 마음이 이끌려 나도 모르게 '그냥 한 일'일 뿐이다.

그런데, 왜 마음이 이렇게 기쁠까? 또, 왜 이 하루는 깊은 울림으로 오래갈까? 이런 감흥이 철학자 임마누엘 칸트가 말한 '목적 없는 합목적성'일까? 아니면, 김종삼 시인이 노래한 '내용 없는 아름다움'일까? 여백처럼, 행간처럼, 알 수 없는 일이다. 알 수 없는 일이니 굳이 애써 알려고도 하지 않는다.

입추가 지나고 아침저녁으로 시원한 바람이 불어오는 구월이 오면, 때를 놓치지 않고 쪽파 씨를 이웃과 반으로 나누고 텃밭에 정성껏 심을 생각이다. 싹이 돋아나면 기쁨이 두 배가 되리라. 겨울이 오면, 눈 속에서도 시퍼런 기상을 엿보는 재미가 쏠쏠하리라.

가마골 용소에서 태어난 영산강, 그 머리 부분이 백진강이다. 백진강은 관방제림에서 광주 북구 용전동에 이르기까지 백 리를 뻗어나간다. 백진강 줄기에서 가장 아름다운 곳이 만성리 관어정 둘레다. 하늘에서도 수려하게 보인다는 이곳에는 아름다운 경치와 함께 백룡이 사람에게 은혜를 갚았다는 흐뭇한 전설이 흐른다.

어느 날, 하늘에 살던 백룡 내외가 관어정 주변 절경에 마음을 빼앗겨 백진강에 내려왔다. 며칠만 머물다가 돌아갈 생각이었다. 그러나 경치에 도취 되어 하루가 이틀이 되고, 이틀이 두 해가 되고, 결국 아들과 딸을 낳을 때까지 그곳에 머물게 되었다. 이곳 가까이 사는 마을 사람들은 백룡 가족이 산다는 걸 알고, 무척 조심히 행동했다. 물을 더럽히지도, 시끄럽게 떠들지도 않았다. 멱 감기, 낚시질, 빨래도 삼갔다. 백룡 내외도 이러한 일들을 고맙게 생각했다. 그러던 중 옥황상제가 부르자 하늘로 올라가야 할 때가 왔다. 백룡 가족은 마을 사람들에게 무엇으로 보은할까 궁리했다. 큰물이 나면 마을 사람들이 강을 건널 다리가 없어 멀리 돌아가는 불편함을 백룡은 보아왔다. 그 불편함을 덜어주려고 돌다리를 놓아주기로 마음먹었다. 또한,

마을에서 하고자 하는 모든 일이 뜻대로 이루어지고, 돌다리를 건너는 사람마다 만 가지 소원이 성취되는 복도 함께 내렸다. 그래서 마을 이름이 만성리(萬成里)가 되었다. 마을 사람들이 어느 날 아침 눈을 뜨니, 백룡은 사라지고 없었다. 마을과 읍내를 가르는 백진강 위에는 간밤에 없던 다리가 놓여 있었다. 마을 사람들은 백룡 가족이 떠나며 남긴 선물이라고 믿었다.

지금 만성교에는 하얀 용 머리 네 개가 새겨져 있다. 백룡 식구인 아버지, 어머니, 아들, 딸을 형상화한 부조다.

나는 담양장에서 물건을 사 들고 만성교를 지나 관어정에서 쉬곤 한다. 한적한 관어정에 올라 백진강을 내려다보면 잉어 대가족이 한가로이 노닐 때가 있다. 정자 이름 그대로 관어정(貫魚庭)이라는 생각을 할 수밖에 없다. 강마다 깊이가 다르고 물고기마다 크기가 다르듯, 사람마다 크기와 깊이가 다르다. 그것은 겉이 아니라 속을 오랫동안 지켜봐야 알 수 있다. 나는 습관처럼 이곳에서 내 안을 찬찬히 들여다본다. 시름을 잊고 마음이 맑아지고 몸이 가벼워지면 집으로 돌아가려고.

관어정 반대편 강둑이 국수 거리다. 느티나무 아래 식탁과 의자를 줄지어 놓고 손님을 맞는다. 주위 환경과 거리를 깔끔하게 단장하여 아이들 방학 때와 주말이면 발 디딜 틈 없이 사람들이 북적거린다. 본래 이곳은 백진강 둔치에 대바구니를 쌓아 놓고 사고파는 시장이었다. 장을 보러 온 사람들이 반가운 지인들을 만나 소식을 주고받으며 허기진 배를 국수로 채우던 장소였다. 플라스틱 공산품이 쏟아져 나오자, 대나무 수제품은 급격히 쇠퇴했다. 시장도 얼마 지나지 않아 쪼그라들었다. 상인들은 고민 끝에 뜻을 모아 옛것을 새롭게 살리는 국수 거리를 조성했다. 담양군에서도 지원을 아끼지 않았다. 상인들은 바라던 바를 이루었고, 이제 이곳은 전국에 소문난 명소가 되었다.

국수 거리에서 조금만 남쪽으로 내려가면 천변리 담양장터가 나온다. 재래시장 규모는 작아졌지만, 여전히 지역 주민들과 광주 시민들이 즐겨 찾아 명맥을 유지한다. 최근에 지은 상설시장이 장터 한가운데 근사하게 서 있다. 백진강이 환히 보이는 2층에 올라가면, 떡국, 순두부찌개, 수제비, 팥죽, 동지죽, 잔치국수, 순대, 홍어회, 동태탕, 김치찌개, 막걸리 같은 예스러운 먹을거리가 구미를 당기고 향수를 불러일으킨다.

점심을 먹은 뒤, 우체국에서 충남 서산에 사는 시인에게 시집 한 권을 보내고 관방제를 걷는다. 오늘은 월요일, 사람 발길이 뜸하다. 그 고요한 틈을 타서, 물까치들이 둑길을 차지하고 떠들썩한 잔치를 벌인다. 먹이를 쪼아 새끼를 키우는, 생명이 왁자지껄한 소리다. 나는 푸조나무 아래서 그늘을 덮고 평상에 눕는다. 시원한 바람이 얼굴에 맺힌 땀방울을 지고 가 백진강에 부린다. 설핏 든 낮잠에서 깨어나 스마트폰으로 푸르른 나무와 한가로운 길 표정을 찍어 갤러리에 담는다. 신발을 벗고 관방제 끝까지 걷는다. 둑길 가장자리에는 맥문동이 무성하게 자라고, 비비추가 꽃을 피워 나비를 부른다.

국립목포대학교 담양 캠퍼스 정문 앞에 작은 가게 하나가 있다. 상호도 없이 죽세품을 파는 집이다. 죽부인, 삿갓, 베개, 숟가락, 젓가락, 지팡이, 부채, 도마 같은 몇 가지 안 되는 상품들. 할머니 혼자 종일 시간 직물을 짜듯 가게를 지킨다. 내가 광주에서 담양으로 이사와 처음으로 말을 건넨 동네 어른이다. 할아버지는 죽세품을 만들고, 틈틈이 거리를 돌며 폐지를 모은다. 나는 한 달에 한 번꼴로 종이상자와 잡지를 모아 할머니에게 드린다. 아무도 없을 때면 가게 빈 탁자에 조용히 올려놓는다. 몇 푼이나 되는지 알 수 없다. 다만, 내가 좋아서 하는 일이니, 마음이 즐거울 뿐이다.

뙤약볕이 지면을 달구던 어느 여름날, 관방제에서 향교교를 지나 집으로 가는 길. 할머니가 커피를 홀짝이며 저만치 가는 나를 부른다. 할머니는 손도 크게 냉장고에서 삶은 죽순을 꺼내 주시며 말씀하신다. "우리 영감이 봄에 캐 삶아 얼린 별것 아니지만, 이것 넣고 된장국 끓여 드셔." 되로 주고 말로 받는 은혜다. 눈시울이 시큰하게 시리다. 인터넷에서 죽순 효능을 알아본다. 장황한 설명을 요약하다 보니, 죽순이 하늘이 내린 만병통치약이다.

죽순은 담백한 맛과 아삭아삭한 식감으로 땅이 낳은 귀한 식재다. 단백질, 칼륨, 칼슘, 마그네슘 같은 성분이 풍부하여 영양가가 높다. 조금만 먹어도 몸에 포만감을 주어 과식을 막는 다이어트 식품이다. 풍부한 플라보노이드 성분은 뛰어난 항산화 작용으로 체내 불필요한 활성산소를 삭인다. 세포 산화를 억제한다. 세포 생성을 촉진한다. 피부 노화를 늦춘다. 멜라닌 색소를 억제하여 주근깨, 여드름, 잡티를 지우니, 피부가 탄력 있는 새벽처럼 깨끗해진다. 철분과 엽산 성분은 적혈구 생성을 촉진하여 빈혈을 완화한다. 질 좋은 단백질은 근육을 늘리고 면역세포 기능을 높여 피로를 풀어준다. 아미노산 일종인 글루탐산 성분이 많아 위점막을 형성하고 소화장애를 개선하여 위장을 튼튼한 성채로 만든다. 식이섬유는 장 연동운동을 일으켜 장내 유익균을 높여 장을 편안하게 한다. 가래를 삭인다. 열을 내린다. 칼륨 성분은 체내 염분(나트륨)을 바깥으로 배출시킨다. 콜레스테롤 수치를 낮추고 고혈압 등 심혈관계 질환을 예방한다. 비타민 B1

과 티로신 성분은 신진대사를 활발하게 하여 호르몬 생성을 돕는다. 예민해진 신경을 잔잔한 호수처럼 안정시켜 불면증을 완화한다. 티로신 콜린 성분은 뇌세포를 보호하고 뇌 기능을 높인다. 성장기 어린이에게는 지혜 물방울이 되고, 노인성 치매를 예방한다.

이 정도면 죽순이 만병통치약 아닌가?

신자유주의 경제 체제는 고유한 문화 특수성을 인정하지 않는다. 고유한 문화를 보존하려는 특별한 조치도 하지 않는다. 오직 이윤을 내는 시장 경제 논리에 맡겨 경쟁을 부추길 뿐이다.

문화에는 고유한 장이 있다. 문학의 장, 과학의 장, 예술의 장, 종교의 장, 농경의 장…. 장마다 고유한 법칙이 작동한다. 나라마다 오랜 자율성으로 이룩한 이 장들은 시장 경제 논리와는 사뭇 다르다. 예를 들어 예술의 장은 이윤 법칙 밖에서 활발하다. 장 안에서도 가장 중요한 자율성은 변증법 식으로 발전하지 않는다. 역사에서 보듯, 독재 정권이 불쑥 나타나 자율성을 짓밟고 멈추게 할 수 있기 때문이다.

신자유주의 경제 체계는 세계화가 낳은 독재 정권이다. 오랜 시간에 걸쳐 쟁취한 자율성을 가진 예술 창작과 유통 과정을 시장 경제 논리가 위협한다. 시장 경제 논리가 예술 창작과 유통 과정에 깊숙이 끼어들어 자율성을 흔들고 공급 획일성을 다진다. 이 획일성이 세계를 주름잡는다. 작은 사회의 다양성은 밀려난다. 신자유주의 경제 체제에서는 최대 다수가 좋아하는 인기 상품을 생산해야 곧장 이윤을 남길 수 있다. 이런 탓에 생산자는 다른 사람이 만든 상품을 모방한다. 오늘날 상품이 비슷한 까닭이다. 모든 계층과 국가에 통용될 수 있는 상품을 만들기 때문이다. 별로 차별성이 없는 텔레비전 연속극, 추리극, 상업용 음악, 통속 연극, 브로드웨이 연극, 할리우드 영화, 대중용 주간 프로, 인공지능이 묘사한 그림들, 아이돌 같은 것들이다. 이것들이 프랑스의 사회학자 피에르 부르디외가 말하는 '맥도널드 문화'다. 독재 정권이 검열한 문화를 이제는 금권(金權)이 검열하는 시대다.

시장 경제 논리가 상품뿐만 아니라, 정치, 문화, 교육, 종교, 체육, 음악, 농업 같은 여러 분야를 지배한다. 이윤 추구를 가장 중요하게 생각하기 때문에, 여기에 가장 알맞은 미학만을 용인한다. 출판 업계도 마찬가지다. 한국, 미국, 유럽 같은 나라에서 몇몇 큰 출판사가 출판계를 잠식한다. 작은 출판사들은 경쟁에서 살아남기 힘들다. 큰 출판사가 짧은 시간에 많은 이윤을 내는 작가를 선점한다. 작은 출판사는 그에게 가까이 다가가기도 힘들다. 『경계를 넘어 글쓰기』에서 부르디외가 말하듯, "작품이 퇴보하고 퇴행하며 상품화"하고, 이름 있는 작가는 "전문적인 형태를 갖춘 연구를 별로 반기지 않는 대중 인기 잡지에 등장하는 인사나 스타로 전락"하는 현실이다. 유통이 생산을 장악한 세계적인 현상이다. 문학·예술의 장에서 이윤 추구는 건강하고 다양한 문화를 부정한다. 문화 발전을 방해한다. 투자한 것을 회수할 수 없음을 이미 알면서도 계속 투자하는 것. 때론 그 열매가 죽은 뒤에나 돌아올 법한 것. 이것이 바로 문화가 지닌 본질이다.

담양군은 해마다 오월이면 닷새 동안 대나무 축제를 연다. 다른 시, 도, 군이 벌이는 축제와 크게 다르지 않다. 추성경기장에서 먹을거리와 죽세품을 팔고, 담빛음악당에서 초대 가수가 노래를 부른다. 읍내 거리마다 대나무 솟대와 삿갓 등을 내달고, 백진강에 나무 나룻배를 띄우는 정도다.

지역 축제들은 과연 문화인가, 아니면 천편일률적인 '동일성'의 복제인가? 지역마다 깃발만 바꿔 달았을 뿐, 내용은 대동소이한 행사를 보며 묻지 않을 수 없다. 이는 질 들뢰즈가 경계하던, 생명력 없는 '죽은 반복'에 가깝다. 이러한 기계 같은 반복은 지역의 고유한 전통과 맥락을 보존하는 것이 아니라, 오히려 그것을 박제한다.

물론 축제는 지역을 외부에 알리는 '재현'의 기능을 수행한다. 그러나 그것이 단기간에 이윤을 내려는 자본의 욕망에 포획되거나, 관광객을 최대한 끌어모으려는 숫자의 논리에 빠져서는 안 된다. 특산품 판촉과 일회성 유흥이 주인이 되는 순간, 축제는 지역의 고유한 '특이성'을 상실하고 상품화한 이미지(시뮬라크르)로 전락하고 만다.

더욱 걱정스러운 것은 이러한 개발 논리가 기후 위기라는 지구 재앙을 가속한다는 점이다. 수많은 자동차가 내뿜는 탄소와 쓰레기로 뒤덮인 축제장은 인간과 자연의 공존을 파괴하는 잘못된 '배치'다. 우리는 이제 소비를 위한 유목이 아니라, 생태적 사유를 위한 참다운 '노마드' 정신을 축제에 도입해야 한다.

참다운 축제란 무엇인가? 그것은 어제와 똑같은 오늘을 반복하는 것이 아니라, 매번 새로운 '차이'를 생성해 내는 창조이어야 한다. 지역 특수성을 단순히 볼거리로 소비하는 것을 넘어, 기후 위기를 극복할 대안적 삶의 양식으로 제안해야 한다. 생태적 감수성과 인문학적 상상력이 수평으로 연결되는 '리좀(Rhizome)'식 사유가 축제 공간을 채워야 한다.

나는 바란다. 우리네 축제가 자본의 획일적 지배에서 벗어나(탈영토화), 생태와 인문학으로 새롭게 디자인되기를, 그리하여 그곳에 모인 사람들이 소비자가 아닌 주체로서, 서로 차이를 긍정하고 새로운 삶의 가능성을 펼치는, 뜻깊은 문화의 장으로 거듭나기를.

내가 나고 자란, 바위 셋에 전설이 서려 있는 삼암마을. 가난했지만 사람 냄새 풍기는 농촌이었다. 뒤에는 병풍산이 듬직하게 서 있고, 앞에는 들녘이 넓게 펼쳐져 있었다. 들녘 남쪽 끝으로 영산강이 비룡처럼 흘렀다. 김 씨, 임 씨, 한 씨, 권 씨, 윤 씨, 이 씨, 박 씨가 서로서로 돕고 사이좋게 살았다. "사철 발벗은 안해가 / 따가운 해ㅅ살을 등에 지고 이삭"(정지용, 「향수」)을 줍던 곳이었다.

초등학교 시절, 우리는 학교에서 돌아오기 바쁘게 책보를 마루에 던져놓고 영산강으로 달려갔다. 하느님이 천지창조 때부터 휩쓸고 쌓기를 거듭해온 고운 원시 모래밭에서 씨름도 하고 기마전도 하고 공도 찼다. 태권도도 배웠다. 목이 마르면 모래를 파고 솟는 물을 마셨다. 땀나고 지치면 누가 선동하지 않아도 모두 옷을 홀랑 벗고 알몸으로 강물에 뛰어들었다. 강물은 더없이 시원하고 맑았다. 모래와 모래알 속까지 훤히 다 보였다. 맨손으로 피라미, 모래무지, 각시붕어, 재첩, 다슬기를 어렵지 않게 잡았다.

일요일에는 아침부터 황소를 강둑에 풀어 놓았다. 배고픈 줄도 모르고 놀다가, 뉘엿뉘엿 해가 질 무렵이 되어서야 황소를 앞세우고 집으로 돌아오곤 했다. 강은 언제나 거기서 우리를 기다리는 둘도 없는 동무였다.

우리는 중학교를 졸업하고, 싫지만 어쩔 수 없이 흩어져야만 했다. 어른이 되는 삶은 잔인한 것이었다. 어떤 이는 시골에 남아 농사를 지었다. 어떤 이는 공장에서 일하며 공부하려고 마산으로 갔다. 어떤 이는 상고나 공고나 농고 입학시험에 합격해 광주로 갔다. 또, 어떤 이는 서울로 가서 재봉사, 자동차 정비공, 점원, 시내버스 안내양이 되었다. 이들 중에는 나중에 검정고시를 보고 대학에 간 이도 있었다. 독학하여 회계사, 변호사, 공무원, 은행원이 되기도 했다. 나는 외교관이 되고 싶어서 인문계 고등학교에 진학했다. 광주 양림동 기독교병원 아래 어느 기와집 사글셋방을 얻어 자취생활을 했다. 학부에 이어 대학원에서 영미문학을 톺아보았다. 늦깎이로 군대에 갔다. 제대하니 나이를 먹고 고시 공부하기가 몹시 싫었다. 내 길이 아니었다. 외교관을 포기했다. 직장을 구했다. 여자중학교 영어 교사가 되었다. 아이들과 즐겁게 살다 보니 내 꿈이 다시 태어났다.

'아이들이 희망이다. 우리나라를 바꾸는 일은 교육이다.'라고 굳게 믿고, 교육 운동에 뛰어들었다. 위험하지만, 처음 실험하는 대안교육에 투신했다. 아이엠에프 시대 모두 정규직 직장을 못 얻어 안달하는데, 나는 반대로 정규직 직장에 사표를 던졌다. 황무지 같은 대안교육을 하겠다고 도시 큰 학교에서 비인가 시골 작은 학교로 갔다. 동료 교사들이 속으로 비웃었을까? '지가 대단한 교육가라도 되는 양이 어려운 때, 가정도 생각하지 않고, 월급도 적은 비정규직 학교로 옮겨간다니, 정신 빠진 놈이구나!' 하고. 나는 여러 해 동안 여러 가지

역경과 싸우고 고난을 참으며 대안교육에 헌신했다. 그리고 미련 없이 명예퇴직하였다.

17세에 떠나서 60세에 돌아온 고향. 퇴직금과 저축금으로 담양읍 신흥마을에 단독주택을 마련해 지낸다. 틈만 나면 죽녹원, 관방제, 영산강 둑길, 플라타너스와 메타세쿼이아 가로수길을 걷는다. 어쩌다 영산강 시원인 용면 가마골 용소에서 물 따라 하구언까지 걷다 보면 마음이 에인다. 강에 버린 오만가지 쓰레기 때문이다. 플라스틱 커피잔, 검은 비닐, 냉장고, 상, 텔레비전, 침대, 의자, 이불, 옷, 소주병, 사기그릇, 깨진 화분, 담배꽁초, 노끈, 낚싯줄, 타이어, 축산 폐수. 또 오염을 가중한 원인으로, 이명박 정권이 난개발한 4대강 사업을 지적하지 않을 수 없다. 강바닥을 파고 댐을 쌓고 수문으로 물흐름을 막은 4대강이 사산한 녹조라테! 강이 죽으면 사람도 죽는다. 건강한 생태계를 지키고 기후재앙을 막으려면 자연을 더럽히는 일을 삼가야 한다. 자원을 아끼는 생활밖에 다른 길이 없다. 불편하더라도 내가 그 길이 되어야 한다. 물고기뿐만 아니라, 달팽이와 지렁이 몸속에서도 미세플라스틱이 나온다니, 걱정이 태산이다. 인간 중심 편리와 탐욕을 멀리하는 삶이 아니고서는, 꼭대기가 하늘에 닿도록 쌓은 바벨탑같이 과학과 기술을 발전시켜도 해결할 수 없는 문제가 있다. 바로 지구 환경 문제다. 공존할 것인가, 공멸할 것인가? 나에게 달려 있다.

영산강에 그 많던 모래는 다 어디로 갔는가? 고향에 돌아와도 그리던 고향이 아니다. 동무들은 떠나고, 대숲은 사라졌다. 들녘에는 기업형 축사와 물류창고가 늘어섰다. 강물에 멱 감는 아이 하나 보이지 않는다. 강 위로 뻗은 고속도로로 자동차들이 쌩쌩 달린다. 아득한 모래밭이 늪이 되어버린 삼암마을. 고향에서 고향을 찾다가 돌아가는 시인 어깨 위에 잿빛 하늘만 무겁다. "고향에 고향에 돌아와도 / 그리던 고향은 아니러뇨. … 어린 시절에 불던 풀피리 소리 아니 나고 / 메마른 입술에 쓰디 쓰다. // 고향에 고향에 돌아와도 / 그리던 하늘만이 높푸르구나."(정지용, 「고향」 부분).

아버지

아버지의 자리는 언제나
귀퉁이 허물어진 토방이었고
벗은 발목은 늘
황톳빛 노을 묶는 시간이었습니다

워낭 소리에 소여물 냄새 흐르고
먼 데 개 짖는 소리
초가지붕 위에 이윽고 박꽃 벌면
막걸리 거나하게 고인 아버지 가슴에
마당귀 채송화라도 피었을까

눈자위 자욱 꽃불 밝히시고
쇠꼴 수북한 바작 속에서
개망초를 꺼내시던 아버지의 손,

적막한 절간의 풍경처럼
개망초 한 다발 처마 밑에 걸렸습니다

달빛 아래 너울너울 하얀 소리들

한 떨기 승무를 나는 보았습니다

흙 속에 파묻힌 아버지 일생에

꽃 따위는 없을 거라는

어리석은 생각 지금도 부끄럽습니다

흙으로 살았던 아버지의 가슴은

언제나 꽃밭이었다는 걸

왜 나는 몰았을까요

가만히 앉아 있으면 나도 모르게

아버지의 손이 들어와

가파른 내 가슴에 꽃 심는 날 있습니다

아버지의 손짓마다

시가 되어 꽃피는 날 있습니다

— 황형중, 「아버지와 꽃」 부분

그리움과 아름다움은 늘 뒤에 온다. 돌아갈 수 없고 다시 닿을 수 없기에, 그때 그 사람은 더욱 사무치게 그립고 꽃처럼 아름답다.

내가 다닌 한재초등학교 뒤에 병풍산이 우뚝 서 있다. 담양과 장성을 가로지르는 갈재에서 뻗어 오른 웅장한 봉우리. 한 해 두 번 소풍

가고, 머루와 다래를 따 먹고, 야영하고, 사랑을 속삭이고, 노래하며 춤추던 산. 산이 높으니 골짜기도 깊다.

우리 마을 사람들은 동트는 새벽부터 도시락을 싸 들고 산에 들었다. 갈퀴로 마른 솔잎을 긁어모으고, 조선낫으로 잡목을 베어 칡넝쿨로 묶었다. 어른 키 두 배만 한 짐을 지게에 올렸다. 원두막 같은 지게를 지고 산에서 마을로 내려오는 길. 십 리를 작대기로 지게 다리를 두드리며 노래를 부르던 긴 행렬은, 해 질 녘 하늘을 가르는 장관이었다. 지게를 짊어진 이들은 고단함에 허리가 접혔겠지만, 바라보던 어린 눈에는 묵직한 풍경화 한 폭이었다.

아버지는 이 땔감을 말려 밥을 지었고, 소죽을 끓였다. 오일장에 내다 팔아 돈을 벌었다. 되돌아보니, "아버지의 자리는 언제나 / 귀퉁이 허물어진 토방이었고 / 벗은 발목은 늘 / 황톳빛 노을 묶는 시간"이었다. 오십 해 묵은 그 고단한 명화 속에서, 가장 빛나던 정수는 지게 위 땔감, 그 위에 장원급제 어사화처럼 너풀거리던 파리똥 나뭇가지 서너 개였다. 나비를 몰고 다니며 춤추게 하던, 빨갛고 토실한 그 파리똥 열매는, 이제 다시 만날 수 없는, 세상 가장 예쁜 꽃이었다. 서산에 걸린 농익은 해와 어쩌면 그리도 잘 어울렸을까! 그것은 열매나 꽃이기 이전에, 둥글고 온전한 '삶의 춤'이었고, 절창인 '삶의 시'였다. "적막한 절간의 풍경 소리처럼 / 개망초 한 다발 처마 밑에 걸렸습니다 / 달빛 아래 너울너울 하얀 소리들 / 한 떨기 승무를 나는 보았습니다."

옛 우리네 아버지들은 늘 말 없는 기둥이었다. 속은 대지처럼 넓고

   푸조나무 아래서

따뜻했지만, 겉으로는 냉철한 철학자였다. 가난, 시련, 고통을 가슴 속 호수에 가두고 스스로 승화하여, 자신에게 엄격하고 이웃에게 너그러웠다. 식구들을 먹여 살리는 하늘이 내린 초인이자, 마을을 지키는 당산나무였다.

"고귀한 것은 힘들고 드물다(바뤼흐 스피노자)." 나를 있게 한 가장 고귀한 분. "나도 모르게 / 아버지가 되는 때", 마음속에서 서리 맞은 꽃처럼 시리게 떠오른다. 그립고 아름다운 그분 이름 석 자를, 이제 내가 아버지 되어 조용히 불러본다.

아버지!

<h1 style="text-align:right">배롱나무</h1>

불볕이 쏟아지는 혹독한 계절을 정면으로 마주하며, 오히려 그 뜨거움을 빌려 꽃을 피우는 나무가 있다. 7월에서 10월까지, 백일이 넘도록 쉼 없이 붉은 꽃송이, 하얀 꽃송이를 터뜨리는 배롱나무. 강렬한 붉은 꽃이 부귀와 함께 떠나간 벗을 그리워하는 간절한 마음을 품고 있다는 사실은, 이 나무의 화려함 속에 얼마나 곡진한 사연이 응어리져 있는가를 짐작하게 한다. 반면, 하얀 꽃은 수다스러움이나 행복처럼 경쾌하고 환한 속삭임을 건넨다.

백 일 동안 꽃을 피워 목백일홍이라고 부르는, 나는 이 나무의 매끈한 몸통에 더 오래 시선이 머문다. 해마다 묵은 껍질을 스스로 벗어 던지고 속살을 환히 드러낸 그 모습은 마치 모든 번뇌와 속세를 훌훌 털어낸 수행자의 청정한 마음과 같기 때문이다. 그 매끄러운 나무에 손가락 끝을 대어 가느다란 가지를 슬쩍 건드리면, 온 나무가 사르르 떨리는 몸짓을 보인다. '간지럼 나무'라는 별명처럼, 어찌 이리 천진난만한 떨림을 가졌을까.

선조들은 이 나무의 곧고 청정한 정신을 높이 샀다. 껍질을 벗는 행위로 청렴함을 상징하는 배롱나무는 서원에 심어 장차 관직에 나아갈 이들에게 맑은 기개를 가르쳤다. 사찰에 심은 것은 속세의 때를 벗고 수행에 정진하라는, 말 없는 격려였다. 충직함, 기개, 청렴함, 그리고 부귀. 이 모든 미덕을 담아 우리 조상이 지극히 아꼈던 배롱나무에는 이 꽃의 붉은빛만큼이나 슬프고 애틋한 전설이 서려 있다.

오랜 옛날, 바닷가 마을에 사룡과 소녀가 살고 있었다. 그들은 뜨겁게 사랑했다. 그 사랑을 시기한 이무기 때문에 사룡은 목숨을 건 싸움터로 떠나야 했다. 그는 승리하면 흰 깃발을, 패배하면 붉은 깃발을 걸고 돌아오겠다고 약조했다. 소녀는 절벽에서 오직 사랑하는 사람이 무사하게 귀환하기만을 염원하며 푸른 바다에 시선을 고정했다.

며칠 후, 소녀의 눈에 들어온 것은 수평선 위 떠오른 낯익은 배였다. 그러나 펄럭이는 것은 희망이 아닌, 절망을 알리는 붉은 깃발이었다. 사랑하는 사람이 패배했다고 확신한 소녀는 주저하지 않고 그 자리에서 바다에 몸을 던졌다.

뒤늦게 도착한 사룡은 싸늘한 소녀의 주검 앞에서 오열했다. 그는 승리하여 분명 흰 깃발을 걸었으나, 이무기가 마지막 몸부림으로 흘린 붉은 피가 흰 깃발을 물들였다는, 운명이 엇갈린 참혹한 진실을 깨달았다. 슬픔에 빠진 사룡은 소녀를 양지바른 곳에 정성껏 묻어주었다. 이듬해 봄, 소녀의 무덤에서는 나무 한 그루가 솟아났고, 뜨거운 여름이 되자 그녀의 피맺힌 사랑처럼 붉디붉은 꽃이 피어나기 시작했다. 그리움과 슬픔, 그리고 엇갈린 약속이 피로 물든 배롱나무 꽃은 지금도 그 절절했던 사랑을 기억하며, 우리에게 긴 여름 이야기를 전하고 있다.

젊은이여, 고개를 들어라.

네 영혼을 무겁게 짓누르는 걱정을 바람이 솜털을 날리듯 가벼이 놓아주어라. 곱씹지 말고, 머릿속 낡은 서랍에서 아예 비워내어라. 걱정은 어떤 문제도 해결할 수 없는, 그저 마음의 그림자일 뿐이다.

자신을 괴롭히는 문제, 그 웅크린 어둠에 과감하게 맞서라. 정면으로 부딪쳐 깨뜨려라. 피하면 피할수록 걱정은 거대한 늪처럼 늘어나 네 마음을 질퍽하게 만들고 만다. 걱정은 꼬리에 꼬리를 무는 뱀처럼 밤잠을 훔쳐 가고, 맑은 정신을 병들게 한다. 깊은 우울증이 나도 모르게 파고들고, 신경은 녹슨 철사처럼 쇠약해진다.

걱정의 씨앗을 키우지 말고, 활시위를 떠난 화살처럼 곧장 날려버려라. 습기가 쇠를 녹슬게 하듯, 걱정은 네 튼튼한 면역력을 야금야금 좀먹는다. 걱정은 인생에서 가장 귀한 시간을 낭비하는, 청춘의 빛을 가리는 짙은 안개다.

정신이 강물처럼 맑고 건강해야 육체라는 배도 순항할 수 있다. 혹은 그 반대, 단련된 육체라는 튼튼한 성채에 건전한 정신이 깃들지 않겠는가?

그냥 즐겁게 살아라. 순간순간을 보석처럼 귀하게 여기며 즐기는 일이 바로 고귀한 삶을 창조하는 마법이다. 비록 하루살이 눈알만큼 작은 걱정이라 할지라도, 그 무게를 느끼는 즉시 날려버려라.

그렇지 않고서야, 창창한 앞날이라는 백지에 어떻게 자유와 환희와 자족의 그림을 그려 넣을 수 있겠는가?

제3부

눈뜬 눈먼 자

물을 안에 가두고 주둥이를 묶은 말랑말랑한 풍선이 있다. 이쪽을 누르면 저쪽이 부풀고, 저쪽을 누르면 이쪽이 부푼다.

물이 잠시 자리를 옮겨 피할 순 있어도 풍선 밖으로 빠져나갈 순 없다. 그렇듯, 거짓은 잠시 남을 속일 순 있어도 내 양심을 한시도 벗어날 순 없다.

거짓이 밖으로 죽는 날까지 드러나지 않는다면, 내 마음도 따라서 죽는 날까지 무겁다. 아, 이 얼마나 정신질환 유발을 자초하는, 남모르는 불행인가!

잘못을 즉시 깨닫고 그 자리에서 용서를 비는 것이, 편하게 두 발 쭉 뻗고 잠잘 수 있고, 얼른 잊고 마음이 가볍게 살아갈 수 있는 길이다. 물론, 쉽지 않고 두렵기까지 한 일이지만, 그러기 때문에 더욱 용기를 내야 한다. 네게 용서를 빌고, 나도 용서해야 하는 일을 게을리해서는 안 된다.

다만, 용서를 말이나 힘으로 강요해서는 안 된다. 용서를 안 한다고 비난해서도 안 된다. 이차 가해를 해서는 더욱 안 된다. 용서할지 말지는 용서하는 사람 마음에 전권이 있다.

가해자는 피해자가 그만 빌어도 된다고, 이제 충분하니까 그만하라고 할 때까지, 참 마음으로 용서를 빌어야 한다. 그리고 죄를 뉘우치고 기도하며 조용히 기다려야 한다. 이것이 참다운 용서를 비는 태도고, 사랑까지는 아닐지 몰라도, 화해로 가는 첫걸음이 될 수 있다.

풍선 안에 물을 가두고 주둥이를 묶은 사람이, 그 풍선 주둥이를 다시 풀고 물을 내보낼 수 있다.

인권 감수성과 문학

'인권 감수성'과 '성인지 감수성'이 우리 사회의 화두입니다. 2000년대 국가인권위원회 출범과 함께 등장한 인권 감수성은 인권 문제에 반응하는 개개인의 민감도가 다르다는 문제의식에서 출발했습니다. 같은 사안을 두고 누군가는 초연하지만, 다른 누군가는 격분합니다. 이 인식의 격차를 줄이고 보편적 감수성을 높여야 인권 문제를 근본부터 해결할 수 있습니다. 성인지 감수성 역시 성평등 사회를 이루기 위한 필수 요건입니다.

그렇다면 사회 전체의 감수성을 높이는 가장 유효한 방법은 무엇일까요? 바로 문학 작품 읽기입니다. 감수성이 예민한 사람은 타인의 고통을 자기 일처럼 받아들입니다. 문학은 이를 '감정 이입'이라 부릅니다. 작품 감상은 타인의 경험과 감정에 공명하는 훈련이며, 이는 감수성 함양과 직결됩니다.

심각한 세대 갈등을 봅시다. 전쟁과 빈곤을 겪은 노년 세대, 86세대, MZ세대는 서로 다른 경험 탓에 오해가 깊습니다. 이때 김원일, 이호철, 황석영의 소설은 독자가 전쟁 세대의 고난에 동화하도록 돕습니다. 기성세대 여성의 차별 경험과 청년 남성의 역차별 인식이 충돌하는 젠더 갈등도 마찬가지입니다. 박완서의 소설이나 고정희, 문정희의 시는 여성 시각으로 삶을 바라보게 합니다. 한하운의 시가 한센병 환자의 고독을 전하듯, 문학은 타인의 존엄과 가치를 내 일처럼 느끼게 하는 가장 적절한 도구입니다. 자기중심적 사고에서 벗어나 '역지사지'하는 태도를 배우는 것입니다.

인권 감수성은 타인의 존엄, 가치, 다양성에 공감하는 능력입니다. 사람을 깊이 이해하고 존중하는 이 마음은 저절로 생기지 않습니다. 꾸준한 학습과 훈련이 필요합니다.

1. **역지사지 태도** : 핵심은 타인의 처지에서 생각하는 것입니다. 일상 관계 뿐 아니라 인권 문제에서도 필수입니다. 곤란에 처한 이에게 상처 대신 용기를 주려면 타인의 현실을 새로운 감성으로 마주해야 합니다.

2. **인권 개념 학습** : 감수성은 단순한 감정이 아닙니다. 명확한 지식이 뒷받침되어야 합니다. 인권의 역사, 체계, 법규를 익히고 아동, 장애, 노동 등 영역별 사례를 공부해야 합니다. 탄탄한 지식은 현실을 인권의 눈으로 보고 행동하게 합니다.

3. **관점과 방향 전환** : 유엔국제인권협약은 소수자에 대한 각별한 관심을 강조합니다. 비주류, 소수자, 약자에게 시선을 돌려야 합니다. 그들에게 향하는 따뜻한 관심이 인권 감수성을 키웁니다.

4. **끊임없는 자기 성찰** : 나 때문에 불편한 사람은 없는지, 은연중에 권력을 휘두르지는 않았는지 매일 정직하게 되돌아봐야 합니다. 자기 합리화에 빠지지 않고 인권 존중이 습관이 되도록 자신을 갈고닦아야 합니다.

공감만으로는 부족합니다. 실천이 따라야 합니다. 인권 감수성은 인간이 존중받는 세상을 만드는 첫걸음이며, 문학은 이를 돕는 아주 좋은 형식입니다.

문학은 본래 낮은 곳을 지향합니다. 소수자의 삶을 담아내는 것만으로도 인권 감수성을 높이는 데 기여합니다. 문학은 압제와 편견에 맞서 약자의 자유와 차이를 옹호해야 합니다. 나아가 건강하고 민주적인 공동체를 꾸릴 권리를 당당히 요구해야 합니다. 데스몬드 투투 대주교처럼, 문학은 "주인이 던져 주는 자선의 빵조각"이 아니라 "완전한 권리의 식단"을 원한다고 천명해야 합니다.

그림 전시회

여수세계박람회장 국제관, '잠들지 않는 남도 세월'이라는 이름 아래 여순 10·19와 제주 4·3이 그림이 되어 만났다. 전시장을 채운 것은 단순한 물감이 아니었다. 그것은 캔버스 위에 엉겨 붙은 피울음이었고, 차마 뱉지 못한 통곡이었다.

전시된 그림 43점 앞에서 박 화백이 입을 열었다. 붓끝으로도 다 그려내지 못한, 평생을 가슴에 묻어두었던 당신의 할머니 이야기를 꺼내는 순간, 공기는 납처럼 무겁게 가라앉았다.

"할머니가 돌아가시고 염을 할 때였습니다. 수의를 입히기 위해 걷어 올린 할머니의 두 발목을 보고 가족들은 숨을 멈췄습니다. 그곳엔 세월도 지우지 못한, 뼈까지 파고든 듯한 선명하고 동그란 흉터가 뱀처럼 감겨 있었습니다."

장례를 치르고 난 뒤, 박 화백이 떨리는 목소리로 어머니께 물었다고 한다. 도대체 저 끔찍한 상흔은 무엇이냐고. 돌아온 어머니의 대답은 비수처럼 날아와 가슴에 꽂혔다.

"여순사건 때란다…. 할아버지를 잃은 것도 모자라, 군인 놈들이 할머니 두 발을 전깃줄로 꽁꽁 묶어 천장에 거꾸로 매달았지. 짐승보다 못한 고문을 당하신 게야. 그날 이후 할머니는 한여름에도 두꺼운 버선을 벗지 않으셨다. 그 흉터를 들키면 자식들이 '빨갱이 후손'이라 손가락질받을까 봐, 죽는 날까지 그 모진 아픔을 내색하지 않으며 감추고 또 감추셨던 게야."

나는 박 화백의 등 뒤에서 터져 나오는 울음을 억지로 삼켰다. 옷소매로 입을 틀어막아도 새어 나오는 비통함은 막을 길이 없었다. 평생 버선 속에 갇혀 신음했을 할머니의 발목이, 그 시린 침묵이 눈앞에 아른거려 견딜 수가 없었다.

아, 여수와 순천, 그리고 제주! 남도 땅은 어찌하여 밟는 곳마다 핏물이 배어 나오는가. 마주하는 사람마다 가슴 속에 삭지 않은 숯덩이를 품고 사는가. 5월 광주가 그러했듯, 왜 이 남쪽 땅의 역사는 이토록 잔인하게 슬픔을 머금고 있어야만 하는가.

이제는 더는 미룰 수 없다. 차디찬 지하 습기 속에 갇혀 썩어가던 역사를 저 뜨거운 햇볕 아래 낱낱이 꺼내 말려야 한다. 곰팡이 핀 침묵을 걷어내고 뼈아픈 진실을 규명해야 한다. 국가 폭력이라는 거대한 야만 앞에 스러져간 이들의 명예를 온전히 되살려야 한다. 억울한 죽음을 배상하고, 다시는 이런 피의 역사가 되풀이되지 않도록 법과 제도로 쐐기를 박아야 한다.

그것만이 뒤틀린 국가 정체성과 역사를 바로잡는 길이다. 억울하게

눈 감은 영령들의 한을 풀어주는 진정한 해원이며, 우리가 통일과 평
화와 인권이라는 내일로 나아갈 수 있는 통로가 아니겠는가.

5·18 광주민주화운동은 지나간 한때의 사건이 아니다. 그것은 과거에 고정된 사실이 아니라, 오늘을 사는 우리에게 매번 새롭게 던져지는 물음이다. 광주란 무엇인가. 민주주의란 무엇인가. 우리는 어떻게 살아야 하는가. 1980년 5월, 그 뜨거운 함성과 연대가 물결치던 거리와 사람들, 그리고 공동체 시간은 과연 과거에만 머물러 있는가, 아니면 현재에도 우리를 붙잡고 있는가.

발터 베냐민이 말하듯이, 역사는 승리한 자들의 연속적 시간으로 흘러가지 않는다. 역사는 오히려 파국의 잔해 위에 쌓인 채, 뒤돌아본 얼굴로 멈춰 선 '역사의 천사'의 시선에서 드러난다. 40여 년이 지났지만, 우리는 여전히 앞으로 나아가지 못하고 있다. 아직도 5·18을 왜곡하고 폄훼하는 자들이 존재하는 이유는, 그날의 진실이 현재의 시간 속에서 완결되지 않았기 때문이다. 발포 명령자를 명확히 밝히지 못했고, 비밀공작의 전모를 드러내지 못했으며, 집으로 돌아오지 못한 마지막 한 사람까지 가족의 품으로 돌려보내지 못했기 때문이다. 청산하지 못한 과거가 우리를 놓아주지 않는다.

이제는 영면한 시민군과 그 뒤를 이어 살아남은 사람들이 열망했던 꿈을 이루어야 한다. '세상을 바꿀 수 있다'라는 그 신념을. 베냐민이 말한 '지금-시간'은 바로 이런 순간이다. 5·18은 과거의 비극으로 봉인될 때가 아니라, 현재를 중단시키고 기존 질서를 흔들며 새로운 가능성을 열어젖히는 시간으로 호출될 때 살아난다. 5·18은 오늘날에도 얼마든지 반복될 수 있지만, 결코 다시 일어나서는 안 되는 비극이다. 그래서 우리는 제주4·3 항쟁, 여순10·19 항쟁, 4·19 민주혁명 영령들과 함께 슬퍼하고 분노하며, 그 아픔을 유가족과 함께 짊어진 채 현재로 돌아온다. 1980년 5월 역사는 박제된 사실이 아니라, 순간마다 새롭게 해석되고 호출되어야 할 '기호'다. 생명, 평화, 인권, 통일, 공동체 정신은 너와 나의 5·18을 넘어 우리 모두의 5·18로 나아가게 하는 힘이다.

우리가 5·18을 반복하여 기념하고 기억하고 기록하는 이유는 단순한 추모가 아니다. 그것은 참혹한 역사가 다시 반복되지 않도록 하기 위한 정치적이고 윤리적인 행위다. 베냐민이 말하듯이, 진정한 역사 쓰기는 과거를 있는 그대로 재현하는 것이 아니라, 억압받은 자들의 기억을 현재의 투쟁 속으로 구출해 오는 일이다. 진실과 화해를 위한 정당한 수단과 방법으로, 음습한 국가 폭력을 햇빛에 드러내야 한다. 희생자의 명예를 회복하고, 국가는 생존한 유가족에게 사죄하고 배상해야 한다. 5·18 정신을 헌법 전문에 수록하는 일은, 4·3과 10·19와 4·19와 함께 단절된 역사를 하나의 정의로운 시간으로 엮어내는 일이며, 다음 세대에게 넘겨주어야 할 우리의 책임이다.

그렇다면 어둡고 축축한 지하에 묻힌 여순 항쟁 역사를 우리는 언제까지 외면할 것인가. 여전히 지하에 갇힌 1948년 10월 19일의 진실. 여수에 주둔한 제14연대 군인들은 제주도 출동 명령을 거부함으로써 수많은 생명을 살렸다. 정부가 제주도 초토화 작전을 세우고 그들에게 출동 명령을 내렸을 때, 이들은 이렇게 항거했다.

우리는 조선 인민의 아들 노동자, 농민의 아들이다. 우리는 우리들의 사명이 국토를 방위하고 인민의 권리와 복리를 위해서 생명을 바쳐야 한다는 것을 잘 안다. 우리는 제주도 애국 인민을 무차별 학살하기 위하여 우리를 출동시키려는 작전에 조선 사람의 아들로서 조선 동포를 학살하는 것을 거부하고 조선 인민의 복지를 위하여 총궐기하였다.

1. 동족상잔 결사반대
2. 미군 즉시 철퇴.

— 『동아일보』, 1948년 11월 30일

1980년 5월, 신군부는 동포를 학살하라는 부당한 명령을 내렸다. 그 명령은 베냐민이 말한 '신화적 폭력'이었다. 법과 질서를 가장한 폭력, 권력을 유지하려고 생명을 수단으로 삼는 폭력. 많은 군인은 이의 제기 없이 광주 시민을 향해 총을 들었다. 그러나 1948년 10월, 어떤 군인들은 동포 학살이라는 사명에 어긋난 명령 앞에서 멈춰 섰다. 그들은 명령을 거부했고, 그 거부는 수많은 제주 사람의 생명을 구했다. 그것은 파괴를 위한 폭력이 아니라, 폭력을 중단시키는 결단이었다.

　어느 군인이 진정 바른 군인인가. 어느 군인이 진정 국민을 위한 군인인가. 어느 군대가 진정 대한민국에 존재해야 할 군대인가. 진실은 이미 말이 아니라 행동과 역사로 증명되었다. 그리고 그 진실은 과거에 머무르지 않는다. 지금에도, 우리가 어떤 명령 앞에 서고 어떤 기억을 선택하느냐에 따라 다시 쓰이고 있다.

후퇴하면서 나아가기도 하는 것이다

천천히 꽃도 피었다 다시 지고

엄동설한을 궁구하면서

얼마나 더 단단해지는 것이냐

맹세코 기다리지 않았더냐

냉한 비운의 눈이 내리고

발길도 얼어붙어

한 치 앞도 가누질 못한다마는

어둠이 우리와 겨룬다 해도

잠 깬 각성의 문이 스르르 열리고

사립 밖 훤히 환대의 날이 온단다

어디인 줄도 모르고

우둔한 빈궁의 도시에 칼날이 버팅겨

청빈의 세월 우두커니 망가져 앉아

봄비만 바라본다

인숭무레기, 야욕의 총검이 지구를 몰살한다 해도

생명들 손발이 잘려도

더한 비가 내린다 한들

우물터에 버젓이 천지간 울음을 지켜내기로

지난날 아로새겨,

배 속의 태아가 자라서

청장년 되었거늘

저만큼 능선에 다시 꽃 피어오르거든

봄의 덤불에

허한 눈물 한 줌 다시 살아

무섭게 외치는 구호

구금된 자유의 들녘, 길섶에 죽어 간 이름

어찌 잊었다 할까마는

저 우뚝한 산, 시가지를 비추는 무등

살아 있다는 그것이 희망이다

- 이효복, 「무등산-꿈 11」 전문

시는 정보를 수집하고 지식을 축적하고 인식을 전수하는 학문이 아니다. 생명, 평화, 자유, 개성, 치유, 감성 같은 가치를 드높이는 일이다. 시대를 아파하며 세상을 걸어가는 발길이다. 삶과 경험과 상상력에서 찾아오는 독특하고 진실한 글이다. 이런 뜻에서 참다운 시는 아직 오지 않았고, 세상 끝나는 날까지 오고 있을 뿐이다. 따라서 시는 가르칠 수 없다. 삶이고 창조이고 기다리는 선지자에게 도래하는 구세주인 시를 어떻게 가르칠 수 있단 말인가!

M. 푸코는 철학, "그것은 인식론적 지식이나 수완의 전승이 아니다. 그것은 도움을 받아야 할 개인, 그가 처한 상태, 신분, 생활 방식, 존재 방식으로부터 그를 끌어내려고 가해질 행위이다. 그것은 주체 자체의 존재 방식에 가해진 행위이지, 무지를 대체할 지식의 단순한 전승이 아니다(『주체의 해석학』)."라고 말한다. 철학을 시로, 철학자를 시인으로 대입해 보면 분명해진다. 시인은 단순한 인식의 전승자나 지식의 전달자가 아니라, 삶과 생활 방식과 실존 문제에 끊임없이 직면하고 승화해가는 사람이라는 것을. 이런 까닭으로 F. 니체가 "철학자라고 하는 것은 가르칠 수 없다(『선악의 저편』)."라고 한 말에 빗대면, 시인이라고 하는 것은 가르칠 수 없다. 시인은 자신을 부단히 강하게 훈련하고 육성해야만 한다. 타고났다고 인정받을 정도로.

이효복 시인의 시는 주변에서 보고 듣고 냄새 맡고 만지고 보듬은 것을 묘사한다. 억지로 꾸며내거나 머리를 짜서 지어내지 않는다. 『달밤, 국도 1번』(문학들)에 실린 시들이 그 좋은 본보기다. 시간, 기억, 삶의 무게를 받아내는 무등산은 광주, 담양, 화순에 걸쳐 남녘땅과 사람을 안고 먹이는 어머니 산이다. 등위가 없는 산, 차별하지 않

 푸조나무 아래서

는 산, 인권과 평화와 민주의 성지에 우뚝 선 주산에서, 그는 광주 정신을 고양하며 앞날을 꿈꾼다.

어제는 오늘에 이르게 하는 디딤돌이고, 오늘은 내일을 비추는 거울이다. 어제, 오늘, 내일, 순서대로 역사는 직선으로 발전하지 않는다. 이 때문에 역사가 잠시 멈추는 듯 보일 때도 있고 되레, 후퇴하는 듯 보일 때도 있다. 그러나 역사는 선회하며 바람직한 방향으로 나아간다. 시인이 노래하듯, 역사는 "후퇴하면서 나아가기도 하는 것이다 / 천천히 꽃도 피었다 다시 지고 / 엄동설한을 궁구하면서 / 얼마나 더 단단해지는 것이냐 / 맹세코 기다리지 않았더냐". 연착하는 기차가 반드시 종착역에 도착하듯이, 역사는 불의를 헤치고 끝내 정의에 이른다. 사필귀정이다. "어둠이 우리와 겨룬다 해도 / 잠 깬 각성의 문이 스르르 열리고 // 사립 밖 훤히 환대의 날이 온단다". 이것이 우리가 더디더라도 오고 마는, 정의로운 역사 발전을 믿고 불의와 싸우며 기다리는 까닭이다.

1980년 5월 광주민중항쟁은 한 영웅이 이룬 업적이 아니다. 그것은 시민이, 군사독재가 난동을 부리는 총칼에 맞서 분연히 일어나 민주주의를 쟁취한, 피로 쓴 역사다. 그때 태어난 아이가 장년이 된, 반세기에 가까운 오늘에도, 무고한 시민에게 발포하라고 명령한 사람을 밝혀내지 못하고 있다. 여전히 크고 작은 해결하지 못한 문제들도 많다. 야속하게도 5·18문제 해결이 느리게만 보인다. 그러나 5·18정신은 광주를 넘고 대한민국을 넘어 세계로 뻗어가고 있다. 도약은 아니지만, 진보하고 있다.

다만, 우리는 5·18을 말할 때 조심하고 겸손해야 한다. 5·18은 아무도 독점할 전리품도 아니고, 몇몇 사람의 이름을 앞세울 일도 아니다. 가장 큰 5·18 유공자는 돌아가신 분들이다. 5·18에는 경계나 한계가 없다. 5·18은 우리 모두에게 언제까지나 현재진행형이기 때문이다. 어제도 우리 모두의 것이었고, 오늘도 우리 모두의 것이고, 내일도 우리 모두의 것이 될 것이기 때문이다. 인류에 빛나는 정신 유산으로 세계사에 기록될 것이기 때문이다. 이를 위하여 산 자는 영령들 앞에 늘 무릎 꿇고 다시 일어서 나아가야 한다. 여기서 멈추지 말고, 5·18 자체와 장애물을 극복하고 미래로 나아가는 곳이 5·18을 드러내는 지점이다. 시대마다 도달하는 거기까지가 5·18이다. 그리고 시간과 장소와 사람과 갈래를 포월(包越)해서, 굳이 5·18을 언급하지 않아도, 생명, 평화, 인권, 민주, 생태 같은 인류 역사 발전의 덕목을 지니고 가치를 창조하는 모든 글쓰기가 넓은 의미의 5·18 문학이다. 우리가 함께 여러 분야에서 5·18을 발전시키고, 남은 5월 문제들을 해결할 사명이 있음을, 이효복 시인은 이렇게 읊는다.

오월은 누구의 것도 아니다 / 함부로 오월을 한정 짓지 마라 // 오월의 영웅은 없다 / 이름 없는 이들이 수없다 // 오월의 영웅을 만들지 마라 아직 해야 할 / 임무가 남은 그들의 이름을 쉽게 앞세우지 마라 // 소소한 것들, 밝혀지지 않은 것들을 / 캐내야 한다/오월은 모두의 것이다(「오월의 거리에서-꿈 52」 부분)

"끝내 잉태된 아이의 성찬으로 오월은 자란다/견딜 수 없다 천 번 만 번"(「오월의 거리에서-꿈 52」) 앞을 내다보고 옆을 둘러보고 위를 올려다보고 밑을 내려다보고 두루두루 어루만지며 오월을 기록하고 기억하고 기념해야 한다. 다시는 1980년 5·18광주민중항쟁 같은 아픈 역사가 지구상에서 되풀이되지 않도록.

눈발이 날리는, 지극히 평화롭고 고요한 밤. 2024년 12월 3일 20시 23분. 최고 통치자가 뜬금없이 비상계엄을 선포했다. 그와 몇몇 장군들이 2023년 10월 전부터 치밀하게 계획하고 준비해온 내란을 일으켰다. 무력으로 정적을 제거하고 권력을 독점·유지할 목적이었다. 무장한 계엄군이 국회의사당과 중앙선관위를 침탈했다. 서울 대로에서는 장갑차가 지축을 울렸고, 하늘에서는 헬리콥터가 포효했다.

유령처럼, 비극처럼.

맥베스가 잠자는 덩컨 왕을 단칼에 죽였다. 맥베스는 더는 잠자지 못했다. 맥베스는 잠을 죽였다. 온몸에 생명을 공급하는 무고한 잠을 죽였다. 맥베스는 더는 잠자지 못했다.

1980년 5월에 무고한 광주 시민을 학살한 군사 반란자를 스승으로 모시고 그에게서 내란을 배운 광인이 온 국민의 잠을 죽였다. 온 국민은 더는 잠자지 못했다. 발광한 윤틀러가 민주주의를 죽였다. 대한민국에 산소를 공급하는 허파인 민주주의를 죽였다. 민주주의는 더는 잠자지 못했다.

겉모습은 마치 순결한 꽃 같지만, 그 아래 똬리를 튼 독사의 사특한 치마폭 속에서 왕 놀음하던 내란수괴가 잠을 죽였다. 삿된 공모자도, 군인도, 국무위원도, 집권당도, 사이비 목사도 잠을 죽였다. 그들은 더는 잠자지 못할 것이다.

그러나 민주주의는 시꺼먼 음모를 밝히는 젊고 환한 응원봉으로 되살아났다.

치 떨리는 내란을 정당화하는 사악한 변명은 악몽이 내지르는 헛소리일 뿐, 탄핵 넘어 파면과 구속을 외치는 수백만 응원봉이 증명하는 일은 자명하다. '민주공화국 대한민국에는 내란도, 외환도, 반란도 설 자리가 없다. 반드시 실패한다. 국민이 이긴다.'라는 것.

탐진치가 잠을 죽였다. 식구들 잠까지 죽였다. 내란 우두머리, 내란 공모자, 내란 동조자란 지워지지 않는 오명을 역사에 새기고, 철창 안에서도, 회칠한 무덤 속에서도 그들은 더는 잠자지 못할 것이다.

전남과 경남 농민들이 평균 시속 20km로 붉은 트랙터를 몰고 상경 시위를 했다.

'윤석열 체포 구속', '우리는 모두 농민 자식이다'라는 펼침막을 휘날리며 엿새 동안 달려 우금티, 남태령 마루에 닿았다.

1894년 11월 왜경이 그랬듯이, 경찰이 버스로 벽을 세우고 한길을 가로막았다.

2024년 12월 21일, 삭풍은 칼 같고 한밤은 숯 같은데, 농민들이 외롭게 싸우고 있었다.

1980년 5월 광주가 낳은 민주와 평화의 손녀 손자가 응원봉을 흔들며 몰려왔다.

농민들과 김밥, 핫팩, 커피를 나누며 '차 빼'라는 외침으로 새벽을 깨웠던 2030 세대는, 민주주의가 당연한 향유가 아니라, 기성세대가 피 흘려 쟁취한 가치임을 깨달았고, 기성세대는 2030 세대가 갸륵하고 밝은 희망임을 확신했다.

기성세대와 2030 세대가 사랑과 존경으로 한강 다리가 되어 소통하고 연대한 것, 이것이야말로 위대한 남태령 대첩 아닌가!

동학농민혁명군이 130년 만에 부활하여 원대한 꿈을 이룬 갑진년 22일,

가슴 뭉클한 전봉준 투쟁단이 내란 우두머리를 사로잡아 내란을 끝내려고 남태령 넘어 한남동으로 거침없이 내달렸다.

유난히 눈이 많이 내렸다. 마음에 깊은 상처가 남은 겨울, 몹시 추웠다. 어처구니없는 12.3 내란은 나라 밖으로는 대한민국 위신을 추락시켰고, 안으로는 국론을 분열시켰다. 외교는 엉망진창이었고, 경제는 꽁꽁 얼어붙었다. 검찰이 저지른 완악한 행실이 드러났고, 사법부는 국민 신뢰를 잃었다.

그러나 이 모든 고난 속에서도, 온 누리에 얼음을 녹이는 봄은 어김없이 오고야 만다. 당산나무 우듬지에는 까치 부부가 부지런히 신방을 차려 알을 낳는다. 고문처럼 느껴지는 현실일지라도, 희망마저 저버리지 말라는 듯, 십자가 없는 면류관은 없다는 듯, 아차산 숲속에 든 시인은 묵묵히 시문을 두드린다.

아차산을 오르다 숲속 군데군데 쌓인

덩치 큰 나뭇더미를 보았다

버려진 나무들이 아닌, 새롭게 짜인 숲의 이야기

부러진 가지들이 둥지처럼 모여

작은 생명들의 집이 되고

솔가지는 겨울을 녹이는 이불이 되었다

흙냄새 가득한 그늘에

숨어든 다람쥐와 곤충들이 잠시 쉬어 가는 온기

사람의 손길이 지나간 자리마다

숲은 다시 숨을 고르고

죽음은 생명으로 이어지는 문을 열었다

부러진 것들에게도 숨결이 남아 있고

작은 생명들도 생기가 넘쳐

겨울 숲은 쓸쓸하지 않게 되었다

그 작은 배려가 짙은 숲이 되고

어느 해든 겨울 숲의 시는 계속된다

- 한명희, 「나뭇더미, 생의 은신처」 전문

자연에는 모자람이 없다. 배고픈 자가 없다. 큰 참나무는 작은 민들레를 업신여기지 않고, 작은 민들레는 큰 참나무를 부러워하지 않는다. 아무도 차별하지 않고, 모두 제자리에서 살아갈 뿐이다. 또한, 자연에는 필요 없는 것, 하찮은 것이라곤 하나도 없다. 벌레 한 마리,

풀 한 포기, 부러진 삭정이 하나, 맨눈으로는 볼 수 없는 미생물 한 마리까지도 요긴하고 소중한 존재다.

시인이 노래하듯, "부러진 것들에게도 숨결이 남아" 있어 죽음은 결코 허망한 끝이 아니다. 오히려 새로운 시작이다. 죽음은 다른 생명을 먹이고 키우는 어머니로 부활한다. 어머니 대지, "흙냄새 가득한 그늘"은 "다람쥐와 곤충들이 잠시 쉬어 가는" 따뜻한 온기다. 부러진 나뭇가지는 모여 "작은 생명들의 집이 되고 / 솔가지는 겨울을 녹이는 이불이" 되는 재료다. 모든 "죽음은 생명으로 이어지는 문을" 여는 순환이다.

평등한 죽음은 대소, 미추, 그리고 선악이 없는 자연으로 돌아가는 문이다. 자연은 영원한 생명. 생명은 죽음으로, 죽음은 생명으로, 마치 원을 달리듯 끝없이 순환한다. 비록 가진 것 없이 헐벗었을지라도 겨울에도 숲이 좌절하지 않는 까닭이 바로 이 순환의 이치에 있다.

겨울이 있어야 봄이 더욱 그립다. 고통이 있어야 삶이 더욱 고귀하다. 프리드리히 니체가 말한 '영원회귀'를 들먹이지 않아도, 가지 많은 나무에 바람 잘 날 없듯이, 닥치는 갖가지 고통을 이기고 자기 운명을 사랑하는 사람, 의지가 굳센 사람에게 인생은 의미가 남다르다. 누구에게나 일상은 줄곧 반복된다. 우리는 어떠한 태도로 그 반복되는 일상을 마주하고 삶을 바라봐야 하는가? 해마다 겨울이 우리에게 던지는 물음이다.

눈뜬 눈먼 자

눈먼 예언자 테이레시아스가 "그대는 눈이 있어도 보지 못하오."하고, 눈이 멀쩡한 오이디푸스에게 한 말이다. 어찌 오이디푸스만 귀 기울일 말이겠는가.

오이디푸스왕처럼 눈멀고 귀 막힌 이가 호박넝쿨을 이끌고 강둑길을 용감하게 건너가는 꼴을 본다. 트럭이 오고 가며, 눈먼 대가리를 따르던 줄기와 잎들을 무참히 짓밟는 비극을. 꽃을 피우고 열매를 맺기도 전에 모두 압사한다. 이러한 참사를 미리 막으려면 우리는 올바른 방향을 제시하는, 눈이 밝고 귀가 열린, 사람이 된 사람을 대통령으로 뽑아야 한다. 그렇지 않으면 그를 반대하는 애먼 국민까지 모두 희생당한다.

달리는 방탄유리 안에 앉아 있는 미친 운전사를 끌어내기란 말처럼 쉽지 않다. 민주제와 역사를 형편없이 후퇴시키는 광인에게서 운전대를 낚아채기란 더욱 어렵다. 후진하다가 참사의 늪에 빠져 헛바퀴만 돌리는 비극을 막는 유일한 방법은 바로 신중한 선택이다. 피로산 소중한 표를 가진 승객, 곧 국민이 똑바로 정신을 차리고 제대로 된 운전자에게 표를 주어 권력의 운전대를 맡겨야 한다.

속도가 아니라 방향이 중요하다는 깨달음이 이 시대에 꼭 있어야 하는 교훈이다. 역사의 망루 맨 앞 운전석에서 내일을 내다보며, 생명, 평화, 민주, 인권, 생태와 같은 가치 있는 경로를 이탈하지 않고, 바른길로 가는 운전사가 필요하다. 속도를 내기 전에 방향을 올바르게 알고, 국민을 진정한 주인으로 섬기는 운전사를 최고 통치자로 선출해 권력을 위임해야 한다.

이것만이 눈뜬 눈먼 자가 이끄는 길에서 벗어나, 우리 모두 함께 살림과 행복으로 나아갈 새로운 새벽을 여는 하나뿐인 길이다.

청춘의 심장부

김병호 시집 『슈게이징』(시인의일요일)이 나를 충장로로 이끈다. 충장로는 모름지기 빛고을 광주를 상징하는 길이다. 도시가 팽창하면서 크고 반듯한 새 길이 많이 생겨났지만, 여전히 광주를 대표하는 중심은 바로 이 충장로다. 중심이란 단지 행정이나 교통의 요충이 아니라, 서로 다른 삶의 리듬과 목소리들이 부딪히며 섞이는 장소라는 뜻일 것이다.

충장로는 임진왜란 때 의병장 김덕령의 시호를 딴 이름이다. 예부터 음식, 의복, 오락, 서비스업 같은 상가들이 밀집하여 젊은이들이 활보하는 거리다. 프랑스 파리처럼, 유행을 선도하는 거리이기에 충장로는 자연스레 유행과 젊음의 거리가 되었다. 그러나 이곳의 젊음은 단선적이지 않다. 학생과 노동자, 연인과 혁명가, 시인과 상인, 방황하는 이와 잠시 머무는 이들이 한꺼번에 나타났다, 사라지는, 미하일 바흐친이 말한 카니발 같은 시간 속의 젊음이다.

충장로를 이야기할 때 결코 빠뜨릴 수 없는 것이 바로 '우다방'이다. 우다방은 충장로가 가장 번성하던 1970~80년대 젊은이들이 연인이나 친구를 만나던 장소였다. 당시 널리 퍼져 있던 다방에 빗대어 붙인 별칭이다. 1963년에 지어진 우체국 건물은 그 시절 드물게 냉방과 난방 시설을 완비하고 있어, 가난한 청춘들에게는 겨울엔 따뜻하고 여름엔 시원한, 둘도 없는 약속 장소였다. 그곳에서는 신분도, 직함도, 미래의 설계도 잠시 내려놓고, 누구나 동등한 '기다리는 존재'가 되었다. 바흐친이 말하듯, 카니발 공간에서는 위계가 해체되고, 모두가 같은 높이에서 서로를 바라본다. 우다방 앞 청춘들은 그렇게 잠시나마 같은 심장 박동을 공유하였다.

1980년 5·18광주민주화운동 때에는 민중들에게 예비 집결지, 정보 교류처, 대피소 구실을 한 역사의 현장이기도 하다. 평소 만남의 장소가 곧 저항과 연대의 공간으로 바뀌는 순간, 충장로는 축제와 비극, 웃음과 피, 일상과 역사가 동시에 존재하는 카니발의 극점을 보여 준다. 카니발은 단순한 흥청거림이 아니라, 억압된 목소리들이 한꺼번에 터져 나오는 집단적 진실의 시간이기 때문이다. 지금도 시민들이 시위하고 각종 단체가 행사를 여는 충장로는, 의로운 남도 사람들에게 영원한 "청춘의 심장부"다.

우다방 맞은편에는 나라서적이 있었다. 우다방에서 만나기로 약속하고, 미리 나라서적에 들어가 사지도 않을 책을 겸연쩍게 눈요기하며, 설레는 마음으로 유리창 앞에서 친구나 연인이 어서 나타나기를 기다리던 시간. 그 기다림 속에는 지식과 사랑, 사유와 감정이 뒤섞이는 카니발다운 혼종성이 있었다.

서성거리는 사람들
얇은 표정으로 오목해진 걸음들

너무 오래 기다리거나

아예 오지 않은, 그이들은

지금쯤 어디에 닿아 있을까

입김 덧쌓인 창유리로

이별은 흘러

캐럴을 연주하는 금관악기처럼

반짝이다 고이는데

검은 목폴라 속의 짧은

목례 같은 시간들

당신은 서둘러 어른이 되고

나는 이제야 당신의 침묵을 읽는데

창문을 열면

처음인 듯 눈이 내리고

당신이 가져갔던 시간 속으로도

내리고

어제는 오월

오늘은 십일월인, 나는

공중전화 부스에 맴돌던

말랑한 구름이 된다

내 청춘의 심장부가 있다면

충장로 우체국 맞은편

새로 태어난 행성처럼 반짝이며

금 간 스노우볼처럼 반짝이며

당신이 있던 곳

짧은 서정시처럼 눈이 내리지만

나의 몫은 아니었던,

- 김병호, 「나라서적」 전문

이 시에서 "서성거리는 사람들"과 "얇은 표정"들은 모두 완결되지 않은 존재들이다. 너무 오래 기다리거나 아예 오지 않은 이들, 오월과 십일월이 뒤섞인 시간, 눈과 캐럴과 이별이 동시에 흐르는 창가. 이것은 직선의 시간이 아니라 뒤엉킨 시간, 바흐친이 말한 '공존하는 시간들'의 풍경이다. "내 청춘의 심장부가 있다면 / 충장로 우체국 맞은편"이라는 고백은 개인의 추억을 넘어, 집단 기억의 좌표가 된다. 새로 태어난 행성처럼, 또는 금 간 스노우볼처럼 반짝이는 그 장소는

 푸조나무 아래서

완전하지 않기에 더욱 빛난다. 카니발 세계에서 균열과 파손은 결핍이 아니라, 새로운 의미가 스며드는 틈이다.

나라서적 건너편 우다방은 이제 사라졌지만, 충장로는 여전히 살아 있다. 세대를 뛰어넘고, 시대를 뛰어넘고, 지역을 뛰어넘는 사통팔달의 중심으로서. 고상함과 천박함, 신성함과 속됨, 개인의 사랑과 집단의 투쟁이 동시에 허용되는 거리, 그것이 충장로다.

천지창조 이래 등위가 없는 평화의 어머니 산, 무등산이 슈게이징(shoegazing: 골똘히 내려다보는)하는 그곳은 엄연한 광주의 살아 있는 역사다. 학동, 양림동, 대인동, 서석동, 동명동, 임동, 양동, 용봉동, 서방, 망월동을 지나 아시아와 아메리카, 유럽과 아프리카, 오세아니아로 이어지는 길목. 중심과 주변이 뒤바뀌는 카니발의 논리 속에서, 충장로는 지역이면서 세계가 된다.

늦은 밤, 함박눈이 소리 없이 쏟아지고 구세군 종소리가 아련히 울려 퍼지는 충장로 공중전화 부스에서 애타게 다이얼을 돌려대던 기억. "나의 몫이 아니었던" 시간, "너무 오래 기다리거나 / 아예 오지 않은, 그이들". 그들은 지금 어디에 닿아 있을까. 카니발이 끝나면 사람들은 다시 일상으로 돌아가지만, 그 시간은 몸 어딘가에 남아 다시 만날 수 있게 숨 쉰다. 그래서 충장로는 단지 지나간 청춘의 거리가 아니라, 언제든 다시 시작될 수 있는 공존의 무대, "청춘의 심장부"로 남아 있다.

서울에 계신 친정어머니는 광주로 시집온 딸에게 전화를 건다. 그 전화로 하루가 열린다. 아들과 며느리에게서 느꼈던 서운함과 고마움, 마음속에 쌓아두었던 이야기들이 한꺼번에 풀려나온다. 말은 끊길 듯하다가도 다시 이어지고, 끝맺음은 늘 다음 이야기의 시작이 된다. 남편을 먼저 보내고 혼자가 된 뒤로는 했던 말도, 벌써 다 한 이야기라도 여러 번 되풀이된다. 그래도 그 반복은 무의미하지 않다. 말은 기억을 붙들고, 사람을 붙잡는 끈끈한 끈이기 때문이다.

'이제 끊자.' 싶을 때쯤이면 어머니의 목소리는 다시 힘을 얻는다. 무선을 타고 흐르는 말들은 마치 끊임없이 이어지는 물줄기 같다. 멈출 수 없고, 멈추고 싶지도 않은 흐름이다. 그 사이 맏사위는 아내에게 부담을 주지 않으려고 일부러 밖으로 나간다. 눈부시게 눈이 쌓인 마당을 하릴없이 서성인다. 장모님의 목소리가 집 안을 가득 채우는 동안, 그는 그 시간을 방해하지 않으려고 조용히 자리를 비운다. 그 시간은 장모님이 묵은 감정을 털어내는 시간이고, 딸은 그 이야기를 받아 안는 사람이다. 쌓인 희로애락을 덜어내기에는 반나절도 모자라다.

그 모습을 보다가 문득 생각이 미친다. 딸 없는 어머니들은 이럴 때 얼마나 서러울까. 말끝을 받아줄 사람, 같은 방향으로 마음을 기울여 줄 사람이 없다는 것은 어떤 외로움일까. 그러자 여러 해 전에 돌아가신 나의 어머니와 아버지가 떠오른다. 막 닦아 놓은 거울처럼 맑은 서쪽 하늘에 두 분의 얼굴이 겹쳐 보인다. 그 순간, 이유를 따질 새도 없이 눈시울이 시려온다. 애써 다잡아도 감정은 제 갈 길을 안다.

이제는 장모님마저 하늘나라로 가셨다. 아침 전화도, 끝날 듯 끝나지 않던 이야기들도 모두 어제 같은 먼 이야기가 되었다. 그때는 다만 일상이었고, 조금은 번거로운 순간처럼 여겨지기도 했던 시간이다. 그러나 돌아보니 그 시간은 서로를 붙잡고 있던 조용한 끈이었다. 말로 이어진 관계, 말로 버텨낸 외로움, 말로 남긴 온기였다.

　계절이 본분을 잠시 잊은 듯, 유난히 볕이 따뜻한 겨울 오전이었다. 김규성 시인이 담양읍을 찾았다. 우리는 몇몇 시인들과 한옥 카페 '조아당' 처마 밑에 자리를 잡았다. 쏟아지는 햇살 아래서 주장하지 않는 말들이 자연스럽게 이어졌다. 수축한 결핍이 천천히 채워지는 듯한, 넉넉한 시간이었다. 자리를 옮겨 국수 거리에서 점심으로 장어탕을 먹었다. 진하고 뜨거운 국물은 단순히 허기를 채우는 음식이 아니라, 나누었던 말들의 온기를 몸 깊숙이 붙들어 두려는 의식으로 느껴졌다. 짧은 만남이 아쉽게 끝나고 홀로 관방제림을 걸었다. 청빈한 푸조나무들 그림자 사이로 미리 답사하는 선발대처럼 봄바람이 오갔다.

　집으로 돌아와 산문 한 편을 갈무리했다. 방 안은 이내 적막해졌다. 낮 동안 나에게 포만감을 주었던 말과 웃음이 나뭇잎처럼 떨어진 자리였다. 그 완벽한 고요 속에서 김규성 시인의 선시 「반딧불이」를 깊이 읽었다.

다만 명멸할 뿐인가

저 정처가 없는

비상등은

잃어버린 자신을 찾아내는

순간, 잃어버린다

여기서 반딧불이는 자연의 서정적 장식물이 아니다. 시인은 그것을 "정처가 없는 / 비상등"이라 부른다. 장 폴 사르트르의 언어로 말하자면, 이 반딧불이는 즉자존재(en-soi)의 안정된 실체가 아니라, 끊임없이 자신을 넘어서는 대자존재(pour-soi)의 불안한 상태를 닮아 있다. 비상등은 위기의 징후이며, 정상 상태의 증명이 아니다. 그것은 사태가 어그러졌음을 알리는 신호이자, 체계가 스스로를 보증하지 못한다는 고백이다. 반딧불이 불규칙하게 깜빡이는 순간, 우리는 의식이 불안정하며 자기 동일성을 보장받지 못한 채 흔들리는 존재임을 직감한다.

"잃어버린 자신을 찾아내는 / 순간, 잃어버린다"는 구절은 사르트르 실존주의의 정수에 닿아 있다. 인간은 본질을 먼저 지닌 존재가 아니라, 존재한 뒤에야 자신을 규정하는 존재다. 그런데 우리가 '진짜 나'를 찾았다고 말하는 바로 그 순간, 우리는 그 '나'를 하나의 성질, 정의, 고정된 형상으로 환원한다. 이는 대자존재를 즉자존재로 격하시키는 행위이며, 살아 있는 자유를 죽은 사물로 박제하는 일이다.

자아를 규정하는 순간, 자아는 나의 가능성이 아니라 과거형이 된다. 우리가 붙잡는 것은 '나'가 아니라 '나였다고 믿고 싶은 것'의 잔상이다. 반딧불이 켜지는 순간 곧장 사라질 운명에 놓여 있듯, 자아 역시 인식되는 즉시 자신을 배반한다.

그렇게

기억 밖의 자신이

도둑처럼 나타났다가

또 사라지고

그러기를 몇 차례 반복하다가

아예 그조차 그만 둔다

시는 한 걸음 더 나아간다. "기억 밖의 자신"은 사르트르가 말한 자아는 의식 안에 있지 않다는 명제와 일치한다. 자아는 의식의 주인이 아니라, 의식이 나중에 구성해 낸 이야기다. 우리는 '나'를 소유하고 있다고 믿지만, 사실 의식은 언제나 자신을 앞질러 나아가며, 자아는 그 뒤를 쫓는 흔적에 지나지 않는다. 그래서 '나'는 예고 없이 도둑처럼 출몰한다. 계획되지 않은 감정, 이유를 알 수 없는 선택, 설명할 수 없는 충동에서 우리는 '나'를 만난다. 그러나 그것은 붙잡히지 않는다. 시적 화자가 결국 "그조차 그만 둔다"고 말하는 순간은 체념이 아니라, 자아를 대상화하려는 의지 자체의 붕괴다. 이는 '나쁜 신앙'을 벗어나는 지점이기도 하다. 자신을 규정함으로써 안도하려 들지 않는 상태, 즉 불안을 회피하지 않는 태도다.

그런데

짙은 어둠 속에서

보이지 않는 불빛이

나에게 묻는다

반딧불이라는 눈에 보이는 대상이 사라진 뒤에야, 시는 진정한 장면에 도달한다. "보이지 않는 불빛"은 감각의 차원이 아니라, 사유의 심연에서 발생한다. 사르트르에게서 무(無)는 단순한 공백이 아니라, 의식이 세계에 틈을 내는 능력이다. 아무것도 보이지 않는 어둠은 곧 세계가 나를 규정해 주지 않는 상태이며, 그 공백 속에서 질문은 발생한다.

그런 너는 누구냐 대체

어디 있느냐, 너는

이 질문은 답을 요구하지 않는다. 오히려 그것은 자유의 선고에 가깝다. "너는 누구냐"라는 질문 앞에서 우리는 어떤 본질도, 핑계도, 필연도 내세울 수 없다. 그 질문은 곧 이렇게 번역된다. 너는 무엇으로도 규정되지 않았는데, 그런데도 무엇이 될 것인가.

겨울밤, 이 시를 읽는 일은 반딧불이를 찾는 일이 아니라, 자신이 숨을 수 없는 어둠 속에 서는 일이다. 빛을 좇다 끝내 아무것도 보이지 않는 막다른 자리, 그러나 바로 그곳에서만 질문은 가장 선명해진다. 사르트르가 말하듯, 인간은 자유롭도록 선고받은 존재이며, 그 자유는 언제나 불안의 형태로 우리를 응시한다.

오늘 밤, 나는 답을 찾지 않는다. 답은 곧 또 하나의 즉자존재가 될 것이기 때문이다. 대신 "너는 누구냐"라는 질문과 함께 머문다. 반딧불이가 사라진 자리에서, "보이지 않는 불빛이" 나를 가만히 비춘다. 그것은 위안이 아니라 각성의 빛이며, 침묵 속에서 줄곧 깜빡이는 실존의 비상등이다.

시, 참된 삶 받아쓰기

말은 힘이 세다

말 한마디로 오늘 온도가 달라진다. 어떤 말은 사람을 살리고, 어떤 말은 서서히 숨 막히게 만든다. 성경에는 이런 말이 있다. 죽고 사는 것이 혀의 힘에 달려 있다고. 그 말이 처음 닿는 곳은 언제나 상대가 아니라, 말을 내뱉은 바로 그 순간의 내 마음이다.

기분이 상하면 험한 말이 먼저 튀어나온다. 악담이나 험담을 하고 나면 속이 시원해질 것 같지만, 실제로는 그렇지 않다. 말은 타인에게 날아가기 전에 내 마음을 먼저 긁는다. 미움은 그렇게 쌓이고, 마음은 점점 거칠어진다. 성경에서 더러운 말은 입 밖에 내지 말라고 한 까닭을, 나이가 들수록 알 것 같다. 말은 생각보다 쉽게 나 자신을 망가뜨린다.

행복해지고 싶다면, 감정보다 말을 먼저 붙잡아야 한다. 말은 습관이고, 습관은 삶의 방향이 된다. 순간의 분노를 그대로 말로 옮기지 않고, 한 박자 늦추는 것. 악한 말을 멈추고, 굳이 상처 주지 않아도 되는 선택을 하는 것. 성경이 말하는 '화평을 구하라'는 말은 거창한 덕목이 아니라, 오늘 하루를 덜 괴롭게 사는 방법이다.

미움은 말로 풀리지 않는다. 날 선 말은 또 다른 날 선 말만 불러온다. 부드러운 말이 분노를 누그러뜨린다는 잠언의 구절은, 삶에서 여러 번 증명된다. 결국 관계를 살리는 건 논리보다 말이 지닌 온도다. 그리고 그 온도는 내가 정한다.

말은 곧 나의 설계도다. 마음에 무엇을 쌓아두었는지가 말로 흘러나온다. 그래서 말은 우연이 아니다. 매일 어떤 말을 선택하느냐에 따라 내 마음의 집이 조금씩 지어진다. 오늘 내가 한 말이 내일의 나를 만든다고 생각하면, 말은 가볍게 던질 수 있는 것이 아니다.

그러니 선하게 말하자. 나를 위해서라도. 내 안에 평화가 머물 자리를 만들기 위해서. 그럴 때 말은 정말로 힘을 가진다. 누군가를 살리고, 무엇보다 나 자신을 지키는 힘이 된다.

말

잎이 무성한데 탐스러운 열매를 맺지 못하는 가지를 본다. 단지 잎사귀만 무성할 뿐, 그 잎들 사이로 단물을 탐하는 노린재들만 들끓는다. 우리 말 또한 마찬가지다. 꾸밈이 지나치면 영혼의 열매는 여물지 못한다.

노자가 우리에게 이렇게 말한다. "신실한 말은 아름답지 않고(信言不美), 아름다운 말은 신실하지 못하다(美言不信)." 화려한 수사(修辭)는 종종 진실을 가리는 얇은 비단과 같다. 착한 사람은 구태여 자신을 변명하려고 분별하는 말을 늘어놓지 않는다.

결국 신실함과 선함은 말의 양이 아닌 말의 무게에서 나온다. 참되고 꾸밈없는 말만이 격려와 위로, 그리고 평안이라는 달콤한 열매를 맺는다. 세 치 혀가 칼날이 될지, 아니면 생명을 살리는 샘물이 될지는 우리 선택에 달려 있다.

경전은 우리에게 혀를 조심하고 말을 삼가라고 간곡히 당부한다. 거짓말(妄語)로 진실을 가리고, 아첨(奇語)으로 마음을 속이며, 이간질(兩舌)로 관계를 베어내고, 악담(惡口)으로 영혼을 갉아먹는 것은 자진하여 악업의 늪에 빠지는 일이다.

이러한 악업은 현세에서 가장 순수한 즐거움을 빼앗아 간다. 마음

에서 평화를 앗아가고, 문학과 예술이 피어날 고요한 뜰을 메마르게
한다. 진실로 신실하고 선한 삶은, 화려한 말 잔치를 멈추고 침묵 속
에서 참된 말의 씨앗을 심을 때 새싹이 튼다.

글쓰기의 기본

글은 읽는 이를 위해 있으며, 그 본질은 소통에 있습니다. 그러므로 글쓰기의 기본은 언제나 '이해'를 향해야 합니다. 노인이든 어린아이든, 도시에 살든 산골에 살든, 독자의 배경과 상관없이 누구나 이해할 수 있는 글이어야 합니다. 가장 좋은 글은 마치 옆 사람에게 나직이 이야기를 건네듯 자연스럽게 흐르는 글입니다.

그러나 누구나 이해할 수 있는 글을 쓰는 것만큼 고된 작업은 없습니다. 복잡하고 난해한 내용을 쉽게 풀어내는 사람이야말로 진정한 고수입니다. 반면, 어려운 내용을 난삽하게 늘어놓는 것은 최소한 소양만 갖춘 하수들이 흔히 저지르는 실수이자 지적 나태의 소산입니다. 내가 완벽히 소화해야만 남에게 쉽게 설명할 수 있기 때문입니다.

우리가 가장 경계해야 할 것은 지식을 과시하려고 쉬운 내용조차 일부러 비틀어 쓰는 태도입니다. 이에 대해 아르투어 쇼펜하우어는 『The Art of Literature』에 날카로운 통찰을 남겼습니다. "아무도 이해하지 못하게 글을 쓰는 것처럼 쉬운 것은 없다. 반대로 중요한 사상을 누구나 이해할 수 있게 표현하는 것만큼 어려운 것도 없다." "글이 불분명하면 그 사람의 사유도 불분명하다." 그의 지적처럼 난해한 문체는 종종 빈약한 사유를 감추려는 가면에 지나지 않습니다. 진정으로 독자를 생각하는 작가는 복잡한 철학이나 심오한 경전 내용조차 왜곡 없이, 정직하고 경쾌하게 풀어냅니다. 이것이 바로 글쓰기의 기본입니다.

우리는 간결한 문체와 정확한 낱말로 뜻은 깊되 표현은 명료한 글을 써야 합니다. 이러한 글은 독자에게 소중한 시간을 아껴주고, 생각하는 문을 활짝 열어줍니다. 동시에 작가에게는 타인과 진정으로 연결되는 소통의 기쁨을 선사합니다. 작가와 독자, 우리 모두를 위하여 '들리는 말'을 하고 '읽히는 글'을 쓰는 것, 그것이 글을 쓰는 사람이 갖춰야 할 마음가짐이고 예의입니다.

정환담 이발사

정환담 이발사는 한국전쟁 직후 거친 들판의 바람 속에서 태어나 가난한 농가 흙내를 벗 삼아 자랐다. 초등학교를 마치자마자 손에 쥔 것은 연필이 아니라 가위였다. 그렇게 시작한 가위질은 그의 삶을 평생 끌어온 고단하면서도 의젓한 길이 되었다. 예순 해가 넘는 세월 동안 그는 한 번도 옆으로 새지 않고 오로지 한 길만 걸었다. 그 길은 머리칼을 자르는 일이면서, 또한 사람의 하루를 다듬고 마음을 조각하는 일이기도 했다.

세월이 흐르며 동네마다 미용실 간판이 즐비하게 늘어나지만, 빛 고을 이발관 문 앞에는 오늘도 익숙한 발걸음이 줄을 잇는다. 모두가 오래된 단골손님이다. 이발하려고 의자에 앉는 사람은 말이 필요 없다. 거울에 비친 머리 모양을 정환담 이발사가 한 번 스쳐보기만 하면, 어느 지점을 바리캉으로 훑고 어느 부분을 가위로 다듬어야 할지 손끝에 익히 결이 잡힌다. 머리를 맡기고 앉은 손님 표정에는 믿음이 깊게 배어 있다. 이렇게 저렇게 해달라는 말조차 사족이라는 사실을, 오래전부터 알고 있기 때문이다.

일흔을 훌쩍 넘긴 지금, 그는 종종 산이 눈앞에 아른거린다고 털어놓는다. 화요일 정기휴일에 월요일 하루만 더 얹어 이틀 정도 쉬면,

산길도 천천히 밟아보고 싶다며 슬그머니 웃는다. 그러나 그 소박한
바람조차 그에게는 쉽지 않다.

"손님이랑 나랑 말 안 해도 약속이여. 내가 산에 간다고 멋대로 월
요일 문 닫아불믄, 손님은 어찌하간디. 놉 얻어 쓸 수도 없당께, 내가
없으면 발길 돌려불지. 이녁도 담양에 미용실이 없어서, 이발관이 없
어서 광주까지 오는 게 아니잖여. 나를 믿고 오는 거지. 머리는 말이
여, 철 따라 다르게 잘라야 한당께. 여름엔 바람이 스칠 자리 남겨줘
야 하고, 겨울엔 찬 기운 막을 만큼 째까 길어야 혀. 그것이 발란스
여. 이발사는 기술보다 먼저, 이런 이치를 알아야 한당께. 산 경험이
제일 큰 철학 선생 아니겠어."

그의 앞에서는 모두가 한 사람일 뿐이다. 머리 허연 노인도, 말수
적은 경찰도, 분주한 시장도, 힘이 넘치는 태권도 사범도, 심지어 국
회의원과 장군까지도 면도칼을 든 정환담 이발사에게 머리를 맡긴
다. 그의 손길이 지나가면, 그들은 잠시나마 세상 짐을 내려놓고 한
사람의 손님으로 돌아온다. 머리를 감고 일어서는 손님의 손을 꼭 잡
으며, 정환담 이발사는 언제나 같은 말로 배웅한다.

"아무쪼록 몸 성히 지내시다 또 봅시다."

그 말에서 평생을 가위로 살아낸 한 인간의 성실함과 다정함, 그리

고 조용한 자부심이 따뜻하게 흘러나온다. 빛고을 이발관은 머리를 깎는 곳을 넘어, 사람 사는 냄새와 손의 온기가 머무는 작은 쉼터이기도 하다.

——————— 짧고 쉽고 뜻깊은

한국에서는 시인만 시를 읽는다는 자조 섞인 푸념이 현실이 된 지 오래다. 대중이 시를 외면하는 까닭은 복잡하지 않다. 시가 재미와 감동이 없고, 무엇보다 독자와 공감대를 형성하지 못하고 따로 놀기 때문이다.

시가 해야 할 주요한 일은 가슴을 뭉클하게 하고, 막혔던 마음을 뚫어주며, 독자에게 사색에 빠져 먼 산을 바라보게 하는, 정서적 파장을 일으키는 일이다. 호르헤 루이스 보르헤스가 사유나 관념보다는 이미지나 우화에 더 끌린다고 말한 바 있다. 그러나 오늘날 시는 이미지나 우화가 빈약한, 무슨 소리인지 모르게 비튼 말의 나열, 장황한 문장, 그리고 머리에 쥐가 나게 하는 사변으로 독자를 밀어낸다.

설령 잘 읽히는 시라 할지라도 독자가 외면하는 까닭은 대체로 이런 것 같다; 내용이 바람 빠진 풍선처럼 밋밋하고 고루하다. 죽은 비유, 시대에 뒤떨어진 표현, 얕은 생각, 병든 시어와 반복어가 많다. 시에 삶이 없다. 피와 땀이 진득하게 밴, 사람 냄새 나는 참다운 생활이 없다. 먼 하늘에 떠도는 뭉게구름 잡는 이야기만 횡설수설이다.

독자들이 시를 읽지 않는 일차적 책임은 시를 쓰는 시인에게 있다. 이는 자성(自省)할 문제다. 곧 '내 탓'이다.

모든 글쓰기 토대는 결국 삶이다. 우리글 바로 쓰기에 헌신한 이오 덕 선생이 일갈하듯, 삶과 말에서 떨어져 나간 글은 방 안에 앉아 쓴 글에 지나지 않는다. 글은 글을 위한 글이 아니라, 삶을 위한 글이 되 어야 한다. 가장 귀하고 가치 있는 글은 어려운 글이 아니라, 남녀노 소 누구나 이해할 수 있는 말로 쓴 글이다. 이는 시인이라면 마음에 새겨 실천해야 할 뼈있는 가르침이다.

더욱이 우리말을 홀대하는 태도는 글과 정신까지 병들게 한다. 우 리말을 깊이 공부하지 않고 외국어(영어를 쓰면 유식하게 보일까?)를 무분별하게 쓰는 일이 우리말을 병들게 하는 큰 원인이다. 말이 병들 면 글과 정신까지 병들고 변질한다. 시인, 소설가, 교사, 언어학자 등 언어를 다루는 모든 이들은 우리 말과 글을 바로 쓰고 바르게 쓰도 록 가르칠 의무가 있다.

자본주의에 젖은 정신에서 묵은때를 씻어내려면 시인은 자신의 글 쓰기 자세를 점검해야 한다.

위쪽으로 좁게 자라다가
끝에서 뾰족이 맺는다

불을 거꾸로 들여다보니
꼭 글을 머금은 붓 모습이다

밥을 짓고 방을 덥히는 군불처럼

붓을 부드럽게 움직여야
상선약수 같은
고운 글이 흐른다

그 글이
정신에서 묵은 때를 씻어내고
포근하게 온 마음을 살찌운다

그러나 모두 집어삼키는 산불처럼
붓을 마구잡이로 휘두르면
망나니 춤 같은
거친 글이 날뛴다

그 글이
사람들 마음을
더럽히고
망가뜨리고
피를 나게 하는

그만 비수가 되고 만다

- 김정원, 「글쓰기 자세」 전문

김수영 시인이 말하듯, 시는 손발이나 머리뿐만 아니라 온몸으로 쓰는 것이다. 온몸으로 밀어 올리지 않은 시, 시인만 자족한 시는 종이와 힘만 낭비하는 인쇄공해이자 피로사회에 피로만 더할 뿐이다.

시인이여! 나여! 우리말로 시를 쉽게 쓰되 뜻은 옹골차게 담자. 진땀 나는 삶이 있는 시를, 할머니도, 할아버지도 '꼭 내 이야기를 하는 것 같다' 하고, 무릎을 치는 시골말로 쓰자. 땀 흘리는 사람들 생활을 꾸밈없이 받아쓰고, 자연과 사람이 공존하며 기후 위기를 극복할 대안을 찾는 행동하는 시를 쓰자. 남을 죽이는 시가 아니라 모두를 살리는, 자유와 평화를 노래하는 시를 쓰자. 떠난 독자들이 다시 시로 돌아오게끔, 우리 생에 한 편이라도 새로운 좋은 시를 쓰자. 사람에게 시로 말하고 사회에 시로 이바지하는 일이, 오늘날 시인이 짊어져야 할 사명이 아닐까?

주변인에 보내는 따뜻한 시선

임경묵은 교사이자 시인이다. 나는 교사 시인이라는 말에서 왠지 모를 친근감과 정겨움을 느낀다. 더욱이 내가 아는 교사 시인이 새 시집을 낼 때면, 그것은 마치 내게 일어난 일처럼 기쁨이 넘친다. 나 또한 교사로 지냈고, 교사였던 시절에 시집을 냈으며, 퇴임한 지금까지도 변방에서 조용히 시를 쓰고 있는 사람이기 때문이다. 교사 시인이 인품마저 훌륭하고 시까지 아름다우면, 나는 사탕을 받은 아이처럼 순수한 즐거움을 느낀다. 반대로 좋지 않은 일로 그들의 이름이 신문이나 방송에 오르내리면, 나는 낯을 들 수 없을 만큼 부끄럽다. 이 모든 감정의 밑바닥에는 깊은 동지애가 흐르고 있다.

임경묵 시집 『검은 앵무새를 찾습니다』(시인의일요일)를 나는 천천히, 그리고 애정 어린 시선으로 감상한다. 시들에는 참으로 다채로운 소재를 담고 있고, 그 표현 하나하나가 참신하다. 시인은 감정을 절제하고 조용히 이야기를 건넨다. 때로는 놀라움과 함께 미소를 짓게 하고, 때로는 깊은 슬픔과 분노를 느끼게 한다. 그 이야기의 울림은 세상 경계와 변두리로 잔잔히 퍼져나간다.

「눈부시다는 말」, 「평화통일기반 구축법」처럼, 교단이라는 삶의 터전에서 길어 올린 시들은 내 마음에 깊숙이 와닿는다. 이는 내가 지난날 교실에서 비슷한 경험을 했기 때문이다. 되돌아보면 지금도 나는 교육과 교사와 학생에 대한 시를 가장 진실하게 쓸 수 있으며, 그런 시들이 가장 좋다. 왜냐하면 그들이 나의 삶이며, 나의 삶이 곧 나의 시이기 때문이다.

도토리 주우러 뒷산에 갔다가

폐광 근처에서 우람한 떡갈나무를 발견했다

떡메로 나무 허리를

떠엉- 떠엉- 치니까

도토리가 후드득후드득 쏟아졌다

거기서 박쥐를 보았다

처음엔 빈 벌집이 떨어졌나 했는데

나뭇가지를 꼭 붙들고 거꾸로 매달려 있던 그것…

죽은 박쥐였다

박쥐는 얇은 먹종이 같은 두 날개로

얼굴과 귀를 꼭 껴안고 있었다

선뜻 다가서지 못하고

발로 낙엽을 끌어 덮어주고

산에서 내려오는데

폐광에서 검은 박쥐들이 한꺼번에 몰려나와

한 떼는 강 건너 미루나무 숲으로

더러는 마을로 날아갔다

박쥐 뒤를 따라

저녁이 빠르게 늙어가고 있었다
— 임경묵, 「박쥐 목격담」 전문

「박쥐 목격담」은 임경묵 시인이 세상을 바라보는 시선, 자연과 생명, 그리고 인간을 존중하고 대우하는 따스한 태도를 고스란히 드러낸다. 도토리를 주우러 갔다가 죽은 박쥐를 발견하고, 낙엽으로 덮어주는 소박한 이야기다. 하지만 이 이야기를 그저 흘려보내기엔 시가 품은 여운이 길고 짙다. 곰곰이 곱씹을수록 마치 잘 우러난 녹차처럼 쌉싸름하면서도 깊은 향기가 배어 나온다.

시적 화자는 도토리를 얻으려는 생각에 무심코 떡메를 휘두르지만, 그 행위 끝에 마주한 것은 뜻밖의 '죽음'이었다. 얇은 먹종이 같은 날개로 얼굴과 귀를 꼭 껴안고 죽어 있는 박쥐의 모습은, 세상의 소란과 고통을 온몸으로 막아내려 했던 가녀린 생명의 처절함을 보여준다. 화자는 자신의 욕망이 빚어낸 소란이 부끄러워 선뜻 다가서지 못하다가, 조심스레 낙엽을 끌어 덮어준다. 이는 단순한 연민이나 동정을 넘어선다. 그것은 나의 무심함이 타인에게 상처가 될 수 있음을 깨닫는 성찰이자, 차가운 바닥에 놓인 생명에게 건네는 뒤늦은 사과요, 최소한의 예의를 지키려는, 참회하는 몸짓이다.

산에서 내려오는 길, 폐광에서 쏟아져 나온 검은 박쥐 떼 뒤로 "저녁이 빠르게 늙어"간다. 죽은 박쥐를 덮어주고 돌아선 시인 마음속에서 시간은 물리적인 속도를 잃고, 무겁고 숙연하게 흘러갔을 것이다. 이처럼 시인은 소외된 존재, 약한 존재, 폐광처럼 어둡고 버려진 곳에 깃든 이웃들에게서 눈을 돌리지 않는다. 작고 낮은 곳의 아픔을 외면하지 않고 기어이 멈추어 서서 보듬는 것, 이것이 바로 우리가 임경묵 시에 끌리는 이유다.

나는 「박쥐 목격담」의 행간을 따라 시인의 삶을 그려본다. 마치 박쥐들처럼 강 건너 미루나무 숲과 마을로 날아가, 주변적인 삶, 배제된 존재들에게서 시선을 거두지 않고, 그들과 함께하고자 하는 시인의 따뜻한 삶을.

계급에서 연대로

수직은

곧장 수평이 된다

수평은 동무가 참 많다

- 김정원, 「비」 전문

  비는 언제나 위에서 아래로 떨어진다. 아주 익숙한 장면이라 우리는 그 방향을 거의 숙고하지 않는다. 하늘에서 땅으로, 높은 곳에서 낮은 곳으로. 「비」는 바로 이 익숙한 장면에서 시작한다. 이 시는 무언가를 설명하거나 가르치려 들지 않는다. 다만 비가 내리는 풍경 하나를 가만히 내어놓는다. 그 단순한 장면 앞에서, 우리는 자연스럽게 묻게 된다. 정말 이 세계는 언제나 위에서 아래로만 움직이는가.

비는 하늘에서 땅으로 쏟아지며 중력이라는 우주 질서에 순응한다. 이 하강하는 몸짓은 비를 수직 구조를 상징하는 판에 박은 듯한 표상으로 보이게 한다. 그러나 이 시에서 비는 수직 질서를 공고히 하는 존재가 아니다. 되레 그 단단한 질서를 해체하는 균열의 계기로 움직인다. 비는 위에서 아래로 떨어지되, 일단 땅에 닿으면 더는 위아래를 가르지 않는다. 땅에 내린 비는 스며들고 모이고 번지며 세상의 모든 날 선 경계를 허물어버린다. 수직 운동이 끝나는 막다른 골목이 역설답게도 가장 평온한 수평 상태다. 즉 위계가 완성되는 정점이 곧 위계가 소멸하는 지점이다.

"수직은 곧장 수평이 된다"라는 선언은 이러한 깨달음에 대한 묘사다. 여기서 수직은 물리적 공간을 넘어 우리가 사는 사회 구조를 비유한다. 수직은 높낮이를 나누고 중심과 주변을 가르며 권력과 복종이라는 차가운 관계를 길러낸다. 인류사는 오랫동안 이 수직 논리에 기대어 제 몸집을 불려 왔다. 그러나 어떤 조건이 채워지는 순간, 그토록 견고해 보이던 수직의 탑은 "곧장" 무너져 내린다. 이 급격한 전환에는 어떠한 타협도 단계도 없다. 이는 수직 질서가 본래 얼마나 위태로운 가설 위에 서 있는지를, 자연이라는 진실 앞에서는 얼마나 쉽게 평평해질 수 있는 사람이 만든 틀인지를 서늘하게 일깨운다.

수평으로 다시 태어난 세계는 이전과는 아주 다른 풍경을 펼쳐 보인다. 마지막 행 "수평은 동무가 참 많다"라는 이 시가 단순한 질서의 붕괴를 넘어, 그 뒤에 세워야 할 새로운 질서가 무엇인지 가리키고 있음을 보여준다. 수직 세계에도 관계는 존재하나, 그 관계는 대개 지

   푸조나무 아래서

배와 복종 또는 평가와 경쟁이라는 일그러진 형태를 띤다. 반면 수평 세계에는 '동무'가 산다. 동무는 앞서거나 뒤서지 않고 나란히 걷는 존재다. 위아래로 훑어보는 시선이 아니라 옆으로 손을 맞잡는 관계다. 이 말은 다정하면서도 평등한 사이를 뜻하며, 누구도 딛고 올라서지 않고 누구도 내려다보지 않는 따스한 눈길을 품고 있다.

특히 "참 많다"라는 감탄 섞인 표현은 수평의 세계가 결코 텅 빈 무의 공간이 아니라, 오히려 관계가 풍요롭게 넘실거리는 자리임을 강조한다. 수직의 사다리를 오를수록 정점에 선 이는 고독해지기 마련이지만, 수평의 너른 마당에서는 낮아지고 평평해질수록 곁에 있는 이는 늘어난다. 시는 높이 솟구치는 가치 대신 옆으로 넓어지는 가치를 제안한다. 더 높은 곳으로 치닫는 삶이 아니라, 더 많은 존재와 이어지는 삶이야말로 인간다운 삶이다.

시의 형식 또한 이러한 뜻을 단단히 받친다. 매우 짧은 행과 넓은 여백은 읽는 이에게 사유의 빈터를 내어주며, 독자를 시의 바깥이 아닌 중심부로 불러들인다. 이 시는 독자를 가르치거나 설득하려 애쓰지 않는다. 그저 조용히 곁에 서서 비 내리는 풍경 하나를 함께 바라보게 할 뿐이다. 이는 내려다보는 수직 언어가 아니라 나란히 서는 수평 언어가 지닌 태도다. 말을 절제함으로써 시는 독자와 시인 사이에 어떠한 위계도 허락하지 않는다.

비는 잠시 내리고 곧 그치겠지만, 그 짧은 시간 동안만큼은 세상 모든 것이 같은 높이에 놓인다. 시는 그 찰나의 평등을 빌려 묻는다. 우리가 당연하다고 믿어온 수직 질서는 정말 거스를 수 없는 숙명인가, 아니면 한낱 빗물에도 씻겨 내려갈 덧없는 가설인가. 그리고 만약 수평이 가능한 세계가 있다면, 그곳에서 우리는 더 많은 동무와 어울려 살 수 있지 않겠는가!

「비」는 세상에 큰 목소리로 외치지 않는다. 다만 비처럼 고르게, 그리고 조용히 내려와 메마른 세계를 적실 뿐이다. 그 젖은 자리에서 우리는 마침내 위를 우러러보는 대신 서로 얼굴을 마주 보게 된다. 바로 그 시선을 돌리고 머리를 숙여 옆에 선 동무를 발견하는 순간이 이 시가 우리에게 남기는 가장 가치 있고도 엄중한 전언이다.

함께 살 권리, 식물, 곤충, 동물

나는 꽃을 이렇게 정의한다. 지구를 아름답게 하려는, 열매 맺어 생명을 이어가려는 식물이 안에서 안간힘으로 밀어 올린 최고봉이다. 또한, 일과 작품과 경치에서 만나는 가장 좋은 순간, 바로 그 절정이다. 꽃은 좋은 것이다. 잔설이 녹지 않은 들길이나 논둑에 핀 봄까치꽃과 민들레, 제비꽃과 질경이는 얼마나 대견한가. 그들과 함께 어울려 피어나는 하얀 냉이꽃은 얼마나 아름다운가. 작은 들꽃들이 잠든 나비를 깨운다. 이 땅은 어디나 화엄의 별천지라는 것을 전종호의 시에서 확인한다.

> 잘나고 예쁘고 못난 놈들 한데 어울려
>
> 제멋대로 살아가야 화엄세상이다
>
> 돋보이지 않아 꽃 같지 않은 것들이
>
> 쓸모가 없어 풀 같지도 않은 것들이
>
> 그렇다고 아무것도 아닌 것도 아닌 것들이
>
> 겨울이라는 엄청난 물건을 몰아내고
>
> 뿌리내릴 땅이야 아무래도 상관없다
>
> 논둑 밭둑 심지어 시멘트길 어디서나

고개 들고 활짝 피어나야 봄인 것처럼
– 「냉이꽃」 부분

    모질고 추운 겨울을 이긴 냉이꽃과 함께 "당신이 알거나 말거나/이런 변방 후미진 곳에 주소를 두고//당신이 보지 않는 쓸쓸한 날에도/무릎 꿇지 않고 활짝 피어나"(「민들레」 부분)는 민들레. 이들이 바로 민초다.

    민초는 군홧발로 짓밟고 곤봉으로 후려쳐도 죽지 않는다. 그를 죽이지 못하는 고통은 그를 강철처럼 단단하게 만든다. 민초는 더 무성하게 번성하여 민주주의를 꽃피운다. 바람직한 역사를 밝히고 탐스러운 행복을 결실한다. 예나 지금이나 백성은 하늘이다. 하늘은 백성이다. 이 땅에 뿌리박고 하늘을 우러러보며 산다. 밟혀도 다시 일어나는 질경이처럼.

후미진 땅바닥 한갓진 곳에서

잘나고 귀한 분들께 치고 받혀도

고개 빳빳이 주눅 들지 않고

옆으로 앞으로 당당하게 번진다

세상은 힘 있는 곳으로 바삐 달리며

빛나고 화려한 꽃들을 주목한다

생명은 오직 맹목으로 끈질기게

씨를 보전하기 위해 살아남는 것이다

대소미추(大小美醜)를 구별하는 건

자연에서는 부질없는 짓이다

짓밟으면 짓밟히는 아픔 속에

뿌리박고 하늘만 보고 살겠다

- 「질경이」 부분

힘없고 작다고 깔보지 마라. 비웃지 마라. 그 비웃음마저 응원가로 삼는다. 이것이 들꽃의 삶이다. 미약하지만 당당하게 나부터 꽃을 피운다. 그러면 수많은 꽃이 옆으로, 앞으로, 뒤로 번진다. 요원의 들불처럼 타올라 마침내, 이 강산을 온통 수려하게 수놓는다. 나는 낮은 세상, 울 밑 응달에서도 빛나는 채송화다.

몸을 땅에 최대한

가깝게 붙여서

굳이 하늘 같은 건

우러러보지 않고

아래라고

내려다보지 않으며

아무 일 없어도

햇빛이 나면

작은 꽃들 모여서

가는 목을 받들고

피고 번진다

알아주는 사람

하나 없어도

울 밑이나 도랑 옆

낮은 세상을

혼자서도

환하게 비추고 있다

　　　　　－「채송화」 전문

　낮은 세상을 혼자서도 환하게 비추는 채송화보다 더 낮은 세상을 사랑하는 제비꽃. 제비꽃이 피어 제비가 오는가? 제비가 와서 제비꽃이 피는가? 제비꽃이 피고 제비가 와야 이 땅에 봄이 온다.

　삼색제비꽃, 흰제비꽃, 노랑제비꽃, 남산제비꽃, 고깔제비꽃, 단풍제비꽃, 알록제비꽃, 왜제비꽃, 뫼제비꽃, 털제비꽃, 콩제비꽃, 선제비꽃, 미국제비꽃…. 지구상에는 제비꽃이 806종이나 된다. 이 가운데 한국에만 50종이 넘게 산다. 이렇게 많은 제비꽃이 피는데, 어찌 봄이 오지 않고 버틸 수 있겠는가?

　　　　　손톱만 한 제비꽃이여

　　　　작은 것들이 어찌 이리도 당당하여

　　　　꽃 한 번 본 가슴마다 지울 수 없는

　　　　자주색 화인(火印)을 찍을 수 있는가

　　　　　　　　　　　　　　　　　　　푸조나무 아래서

무수한 벌레 세상에서 일어나

두 눈 부릅뜨지 않고도 어찌

변덕쟁이 봄바람을 다스릴 수 있는가

두루두루 색상의 조화를 베풀고

허허로이 곱게 일어나는 아침

무릎 꿇고 올려보노니 제비꽃이여

고고한 당신의 기품은 어디서 오는가

- 「제비꽃」 부분

전종호 시집 『꽃들의 수작』(중앙&미래)은 시인과 꽃들이 나누는 즐거운 손짓이다. 시인은 말한다. "작은 꽃들과 같은 높이로 꿇어앉아 눈을 맞추고, 또는 키가 큰 꽃나무와 서서 주고받는 즐거운 대화를 수작이라고 표현해 보았다. 좀 더 친근해 보이지 않는가? 친근한 자세로 꽃의 말씀을 들어야 한다. 그러면 꽃이 곧 세계임을 깨닫는다. 꽃의 말씀이 곧 하늘의 말씀이다. 그리하여 각각이 세계인 물물이 모여 하나의 꽃이 되고, 궁극의 이 꽃은 평화라는 이름으로 부를 수 있다."

작은 풀씨 하나 없어 사람이 살지 못하는 별들이 우주에는 지구상 모든 모래알보다 더 많다. 그러니 들꽃 한 송이가 얼마나 소중한 존재인가! 들꽃은 우주의 축소판이다. 그 소우주 속에 세계의 질서와 아름다움이 오롯이 담겨 있다.

죽은 나무가 있었다

그늘은 죽음을 따라나섰는지

목숨 있는 나무들만 휘휘 소리를 내며

몸을 흐느끼고 있었다

나무들은 나무를

애써 묻으려 하지 않았다

죽음이 스스로 몸을 누일 때까지

산 나무는 죽은 나무 곁에서 서서

이후의 삶을 지켜 주었다

속으로만 차오르던 눈물이 멎자

나무는 점점 가벼워지기 시작했다

삶의 무게는 눈물이 전부였지만

한 번도 소리 내어 울지 않았다

산 나무들은 만장 같은 잎을 흔들며

바람의 노래를 함께 불렀다

그런 날은

죽은 나무가 하나도 슬퍼 보이지 않았다

- 권상진, 「나무의 레퀴엠」 전문

죽은 나무가 있다. 그늘은 죽음을 따라나섰는지, 흙빛으로 스러진 줄기 위에는 빛 한 줄기도 머물지 않는다. 오직 목숨 있는 나무들만이 창백한 바람 속에서 휘휘 소리를 내며 흐느끼고 있다. 나무들은 나무의 죽음을 애써 외면하거나 묻으려 하지 않는다. 죽음이 스스로 삭아 땅으로 돌아가 몸을 눕힐 때까지, 산 나무는 수직의 자세 그대로 죽은 나무 곁에 서서 이후의 시간을 지킨다.

그것은 '인(人)' 자 모양의 숭고한 연대다. 살아있는 나무만이 푸른 그늘을 드리운다. 산 나무만이 만장(輓章)처럼 푸른 잎을 흔들며 바람과 함께 노래 부른다. 빛과 그림자가 공존한다는 것은 살아 있다는 증거다. 살아있기에 미세한 통증이 전신을 훑고, 살아있기에 속으로만 차오르는 눈물이 있다. 살아있기에 미워하고 사랑하며, 힘있게 흔들리며 춤추고 노래할 수 있다. 비록 인생이 고통의 바다일지라도, 그 고통을 이겨내고 날마다 춤추고 노래할 수 있는 존재야말로 진정 고귀한 생명이다. 아무런 역경이 없는 삶은 얼마나 무미건조한 기계와 같은 반복일 뿐이겠는가. 숨 쉬는 모든 것에게 고통은 숙명이다.

녹음방초 우거진 남산 비탈길에 서서 바라본다. 저 아래 햇빛과 이슬을 머금은 어린 참나무가 굳건히 자란다. 가늠할 수 없는 미래의 거목이 되기까지, 저 나무는 몇 번이나 억센 비바람과 뼈를 에는 눈보라를 홀로 맞아야 할까? 나무는 뿌리를 박은 자리에서 도망칠 수도, 피할 수도 없다. 그저 선 자리에서 운명을 통째로 껴안고 사랑할 수밖에 없다. 운명애(Amor Fati)다.

어린 참나무는 벌써 알고 있다. 숱한 시련을 이겨내고 살아남은 강인한 큰 참나무의 유전자를 자기가 물려받았음을. 그 잠재한 강인함으로 한여름 작열하는 뙤약볕에서도, 하늘이 무너질 듯 퍼붓는 빗속에서도, 온몸을 후려치는 바람 속에서도, 펄펄 내려 쌓이는 눈 속에서도 자신을 포기하지 않을 것이다. 삶을 즐기며 성장할 것이다.

극한의 고통 속에서 살아남은 자, 강인한 위버멘쉬(초인)의 의지를 가진 자는 고통스러울 때도 "소리 내어 울지 않는다.", "삶의 무게는 눈물이 전부"일지라도, 그는 고통을 숙명이 아닌 성장하는 기회로 삼으며, 되레 찾아온 고통을 반갑게 맞이할 뿐이다.

늙을수록 젊어지는 황혼의 말씀

어머니는 여자보다 굳세다.
그러나 어머니보다 더 굳센 어머니가 풀이다.

어머니가 조단조단 말씀하신다.
씩씩거리며 풀을 뽑는 어린 나에게.

"애야, 내가 팔순이 넘도록 논밭에서 김매고 살면서 해볼 수 없는
것 한 가지가 풀이란다. 이 세상 모든 풀을 거덜 낼 듯이 너처럼 우악
스럽게 뽑다간 풀이 너를 먼저 잡아먹는다. 사람이 풀과 싸워 이길
순 없지. 풀도 산목숨이고 먹여 살릴 자식이 있고 대를 이을 후손이
있으니 함부로 막대하면 목숨 내놓고 대드는 어미 같지. 곡식 둘레
웃자라서 그늘을 드리우는 풀만 사부작사부작 걷어내고 나머지는
더 뻗지 않게 다스리면 된단다. 여름 지나고 아침저녁으로 쌀쌀한 바
람이 불면 억세고 사나운 풀도 제풀에 꺾여 사그라드니까. 애야, 사
는 게 그렇단다."

소쩍, 소쩍, 소오쩍, 노총각 소쩍새가 애처롭게 울어대는 콩밭에서

오랫동안 같이 살다 보니 당신 허리 닮아가는, 구부러지고 닳은 호
미를 놓고 일어선
어머니가 서쪽 하늘을 바라보신다.

한가위 차례상에 오른 홍옥 같은 해가
장성 갈재뫼 꼭대기에 걸터앉아 석룻빛 노을로 수채화를 그리는.

한가위를 이틀 앞둔 날이었다. 어머니는 마당에 참깨와 들깨, 고추
와 콩을 가득 널어두셨다. 햇볕에 놓인 그 풍경을 지금에 와서야 알
겠다. 삶이 마지막으로 허락한 평온이었다. 그날 어머니는 큰방에서
넘어지셨고, 손목뼈가 부러졌다. 담양에서 광주 병원으로 급히 모셨
다. 바로 수술을 했지만, 저혈압과 저혈당이 잇달아 들이닥쳤다. 끝내
몸 한쪽이 마비되어, 어머니는 자기 뜻대로 몸을 움직일 수 없게 되었
다. 의사는 회복이 어렵다고 말했다.
병원 생활은 그리 길지 않고 조용했다. 요양보호사가 어머니의 몸
을 소독하고 곰팡이를 닦아냈지만, 온종일 누워 지내는 몸은 등을
버티지 못했다. 등창은 그렇게 생겼고, 자식들은 먹고사는 일이 빠듯
하다는 핑계로 병원을 찾는 일이 점점 뜸해졌다. 어머니는 구월 중순
에 입원하셔서 이듬해 오월 말에 돌아가셨다. 나는 임종 자리에 함께
하지 못했다. 그런 불효자인 나에게 어머니는 입원하고 수술한 뒷날
조용히 말씀하셨다.

“나 죽으면 큰방 부엌문 쪽 장판을 걷어 보아라. 너에게 줄 것이 없어서 미안하구나.”

아버지는 이십여 년 전에 먼저 가셨다. 그 곁에 어머니를 모신 뒤, 나는 주인 잃은 시골 빈집으로 갔다. 집은 여전히 그 자리에 있었으나, 사람의 온기만 빠져나간 듯 텅 비어 있었다. 어머니가 말씀하신 대로 큰방에 들어가 장판을 들춰보았다. 물기가 스미지 않도록 비닐로 정성껏 싼, 얇은 봉투 하나가 있었다. 봉투 속에는 내가 가끔 드리던 용돈이 그대로 들어 있었다. 한 푼도 쓰지 않고 모아둔 돈이었다. 봉투는 민망할 만큼 얇았다. 어머니는 짠한 막내아들이 준 적은 용돈조차 자기 자신을 위해서는 차마 쓰지 못하셨다. 어머니는 가난해서 자식에게 물려줄 것이 없음이 늘 미안했고, 나는 넉넉지 못한 삶 탓에 어머니께 충분한 용돈을 드리지 못한 일이 늘 마음에 걸렸다. 우리는 서로에게 미안하다고, 사랑한다고 말하지 못한 채 살아왔다.

그러나 이제는 안다. 어머니가 내게 바라셨던 것은 돈을 벌려고 숨 가쁘게 살아가는 삶이 아니었다. 넘어져도 다시 일어나고, 아파도 삶을 포기하지 않으며, 몸과 마음이 건강하게 하루하루를 누리는 삶이었다. 그것이 의미 있게 잘사는 일임을 어머니는 이미 알고 계셨다. 이보다 더 자식이 부모를 기쁘게 하고 영화롭게 하는 일이 어디 있을까. 나 또한 내 자식에게 바라는 것은 다르지 않다. 돈을 좇는 삶보다는 시련을 이기고, 즐겁고 건강하게 삶을 누리며, 식구들과 오순도순 살아가기를 바랄 뿐이다. 이것이 인간다운 좋은 삶임을 알고 실천한다면, 용돈을 주지 않아도 좋고, 자주 찾아오지 않아도 좋고, 사랑한다고 말하지 않아도 좋다. 아비는 더 바랄 것 없이 만족한다.

우리가 함께 살며 사랑했던 순간들, 즐거웠던 날들, 아팠던 기억과 슬펐던 시간들, 다투고 속상했던 일들, 고단함 속에서 버텨냈던 시련들, 골목길에서, 논밭에서, 이불 속에서 스치듯 주고받았던 소소한 이야기들까지도 지나고 나면, 모두 아름다운 추억이 된다. 그 추억은 풍화되지 않는 비문으로 마음속에 새겨져, 나이가 들수록 더욱 또렷하게 되살아난다. 그리움이라는 이름으로.

그대로 봐주기만 하라

어른 김장하가 형평기념사업회이사회에서 했다는 이 말대로

김장하는 장학금을 주고도 학교를 국가에 헌납하고도

남은 재산을 대학에 기부하고서도 티를 내지 않았네

몇몇 단체에 기부하고 대안 언론을 후원하고

연말 정산을 할 때 거들먹거렸던 내가 한참 우습네

아픈 사람들한테 번 돈이니까

아픈 사람에게 돌려준다는 한약방 주인

나는 배운 지식을 어디에 쓰고 있는가

부박한 깡패 자본의 시대에

이렇게나 고귀한 영혼의 소유자가 있는데

- 김성중, 「젊으면 그만이지」 부분

이 시를 읽고, 의학 역사에 이름을 남기고 미담이 회자하는 두 명

의를 생각한다. 한 사람은 당나라 송청이고, 또 한 사람은 대한민국

장기려다.

　당나라 장안에 송청이라는 이름난 의사가 있었다. 그는 돈 없는 사람들에게 차용증만 받고 치료하고 약을 지어주었다. 약값을 주지 않아도 갚으라고 재촉하거나 수금하러 다니지 않았다. 일 년이면 차용증이 천장에 닿도록 쌓였다. 한 해가 지나면 차용증을 모두 불태우고 두 번 다시 입에 올리지 않았다. 어떤 사람들은 그를 어리석은 사람이라고 비웃었다. 또 어떤 사람들은 그를 훌륭한 사람이라고 칭찬했다. 어느 날 한 사람이 "선생님은 치료해 주고 약을 지어주면서 왜 돈을 받으려는 노력은 하지 않습니까? 더구나 차용증까지 태우면 영영 돈을 받지 못하고 너무 큰 손해를 입지 않습니까?" 하고 물었다. 송청은 이렇게 대답했다.

　"나는 단지 이득을 남보다 늦게 챙길 뿐, 어리석지도, 훌륭하지도 않습니다. 40년 동안 병을 고치고 약을 지어 팔면서 차용증을 수도 없이 태웠습니다. 그러나 손해를 보지는 않았습니다. 이들 가운데는 뒤에 고관대작, 관찰사, 절도사가 되어 약값보다 더 큰 보답을 하는 사람도 많습니다. 물론, 약값을 떼어먹고 죽거나 도망간 사람도 많습니다. 그렇다고 우리 식구들이 밥을 못 먹고 굶어 죽지는 않습니다. 사소한 약값 때문에 인심을 잃고 싶지는 않습니다. 약값을 잃고 인심을 얻어 출세한 사람들에게서 후한 보답을 받는 게 낫다고 생각합니다. 나는 이러한 안목으로 살아갑니다."

　　　　　　　　　　　　　　　　　　　　푸조나무 아래서

가난하고 소외된 이웃을 돕는데 평생을 바친 의사 장기려의 일생과 '청십자 의료보험' 설립 등의 업적을 다룬 이기환의 『聖山 장기려』(한걸음)에서, 채규철 두밀리 자연학교장은 장기려를 이렇게 회상한다. 장기려 박사는 잇속에 밝지 않아 셈을 잘할 줄 모르는, 바보 같을 정도로 마음이 착한 사람이었다. "시골 우리 집은 논도, 밭도 없고 소 한 마리도 없는 소작농인데, 이렇게 많은 입원비나 치료비를 부담할 능력이 없습니다." 하고 환자들이 하소연하면, 그는 그들의 딱한 사정을 먼저 생각하고서는 눈시울을 붉혔다. 환자들이 병원에서 잡일을 하는 것으로 치료비를 갚을 수 없겠느냐는 제안에 감동한 그는, 환자의 치료비 전액을 자기 월급으로 대납했다.

병원 행정을 이렇게 하다 보니 장기려의 월급은 늘 적자였다. 이것이 쌓여서 병원 자체 운영도 어려웠다. 결국 병원 진료부장 회의가 진정을 내렸다. 앞으로 무료 환자에 관한 모든 일을 장기려 원장 임의로 하지 못하고 진료부장 회의를 거쳐야 한다고 결정했다. 그렇다고 돈 없는 환자들이 덜 찾아오지 않는 것도 아니었다. 모든 결정권을 박탈당한 장기려 원장은 가난한 환자들에게 한밤에 탈출할 수 있게 병원 뒷문을 열어주곤 했다. 그의 이러한 바보 이야기는 일일이 열거할 수 없이 많았다.

김장하 옹은 한약방을 운영하는 한의사다. "아픈 사람들한테 번 돈이니까 / 아픈 사람에게 돌려준다는 한약방 주인" 김장하 옹은 송청과 장기려처럼 많은 환자를 값싸게 치료해 주었다. 또, 남은 수익금을 지역사회에 돌려주었다. "김장하는 장학금을 주고도 학교를 국가에 헌납하고도 / 남은 재산을 대학에 기부하고서도" 생색을 내지 않았다. 김장하 옹의 이런 삶이 김성중 시인을 감동하게, 성찰하게 했을 것이다. 김성중 시인은 이렇게 고백한다. "몇몇 단체에 기부하고 대안 언론을 후원하고 / 연말 정산을 할 때 거들먹거렸던 내가 한참 우습네". "재벌회사들은 사내 유보금을 쌓아두고 있다는데", "돈 때문에 목숨을 끊는 사람들이 넘쳐나는 세상"은 잘못되어도 한참 잘못된 세상이다. 이웃이 울고 있는데, 나만 웃고 있으면 뭐 하겠는가? 나만 행복하면 그만인가? 그게 참다운 행복인가? 노동자를 착취하는 "부박한 깡패 자본의 시대"를 이길 수 있는 대안은 공동체 정신 회복과 실천이다. 자본가가 가장 무서워하는 범은, 돈이 별로 필요 없는 삶, 고루 가난해지더라도 자연과 더불어 살며 자립하는 삶, 나누고 베푸는 삶이다.

진득하게 땀 흘려 일하고 공부하는 삶 속에서 의미 있는 시가 찾아오기를 간절히 바란다. 쉽고 어렵고를 떠나서 진실한 삶이 결여된 시는 감흥이 없다. 감흥 없는 시는 생명이 짧을 수밖에 없다.

생명이 긴 고전이 된 서정시 한 편처럼 티를 내지 않고, 보상을 바라지 않고, 당근과 채찍으로 차별하지 않고 살기에 김장하 옹은 시대의 어른으로 존경받는다. 그 어른이 당당하게 강조한 가르침을 시작의 마음가짐으로 삼는다면 아마 이런 다짐이 되지 않을까. "아무도 칭찬하지도 말고, 나무라지도 말고 그대로 봐주기만 하라." 이 말씀은 곧 칭찬이나 비난 같은 섣부른 말들은 거두고 대상을 있는 그

대로 응시하라는 뜻이다. 그러니 시인은 일상의 소란한 말은 삼가되,
가슴속 깊이 맺힌 진실이 있다면 시로 말해야 하리라.

시, 참된 삶 받아쓰기

정직하고 진실하게 쓴 시가 감동을 준다. 시뿐만 아니라 삶도 마찬가지다. 스스로 감동하고, 자유롭고, 떳떳하게 살려면 정직하고 진실해야 한다. 이런 삶을 사는 사람이라야 좋은 시를 쓸 수 있다. 아니, 이 삶 자체가 벌써 훌륭한 시다.

얽매이지 않고, 남 흉내 내지 않으며, 관념으로 된 꾸밈말을 삼가고, 방 안에 앉아서 머리 싸매고 관념으로 만들어 내지 않으며, 삶터에서 보고 듣고 일하면서 전두엽을 두드리는, 놀랍거나 눈물겨운 어떤 느낌을, 쓰지 않고는 견딜 수 없어 내뱉은 듯이 쓴 시가 감동을 준다.

시작의 기술(technic)과 형식이 문제가 아니다. 무엇을 어떻게 쓸 것인가 고민은 나중 문제다. 어떻게 사느냐가 먼저다, 시가 얼마나 삶과 밀착되어 있느냐가 중요하다.

현학과 허세로 말재주나 부리는 시는 삶과 유리된 데서 나온다. 내가 사는 지금 여기서 겪고 느낀 사소한 이야기부터 진실하게 쓰면 다른 사람들도 공감하는 시가 된다. 다른 사람의 슬픔을 내 슬픔같이, 다른 사람의 기쁨을 내 기쁨같이 여기는 마음, 참과 아름다움을 가꾸는 시를 쓰는 일은 사람이 사람답게 되는 길이다. 아름다운 일과 참사람을 발견하는 사람이 시인이다. 시인은 우리 마음을 따뜻하게 하고 기쁘게 하고 참되게 하며 삶을 긍정하게 한다. 어린이처럼 마음을 깨끗하게 하고, 우리에게 희망을 준다.

자신 안을 오래 들여다본 자에게만 보여준다.
새들은 어떻게 길 없는 길, 하늘길을 날고 있을까?
새 한 마리 길을 잃고 내 안에 갇혀 있다.
그러나 난 내 안에 갇혀 있는 그 새가
길을 잃은 새가 아니라 눈을 잃은 새라는 것을
어젯밤 꿈속에서 눈을 뜨고서야 알았다
난 눈뜬 장님 새로 평생 길을 찾아 헤맸다.
그러나 그 모든 길들은 모두 꿈길이었다.
지금 내 안의 알을 깨고 나온 늦은 새가
젖은 날개를 푸덕이며 비상을 준비하고 있다.
땅에도 하늘에도 길은 없다.
마음에 길이 있다.
- 김세형 「장님 새」 전문

　내가 꿈을 꾸는지 꿈이 나를 꾸는지 모르게 고요히 자기 마음을 들여다본 적이 있는가? 편안하게 혼자 앉아서 자기 내면이 내는 소리를 들은 적이 있는가? "자신 안을 오래 들여다본 자에게만 보여"주는 놀라운 변화다. 이 변화 속에 아름다움과 참이 있다. 내가 변화하면 세계도 변화한다. 내가 변화하려면 나를 알아야 한다. 나를 알지 못하면 변화도 없다. 내가 바라는 내가 아니라, 있는 그대로의 나를 알아야 한다.

'에고'(ego)는 '나'(self)가 아니라 '페르소나'(persona)다. 페르소나는 나와 멀어지게 하는 요소다. 그것은 소망하는 나, 허구의 나, 너에게 잘 보이려는 나다. "눈을 잃은 새"의 가면을 벗어 버리고, 있는 그대로의 나, 실제의 나를 알아야 한다. 그런 뒤에야 "알을 깨고" 나와 "비상을 준비"하는 새가 된다.

자기 인식은 어렵고, 깨달음이 필요하다. 존재는 끊임없이 변하기 때문이다. 이 변화에 발맞추려면 이념, 윤리, 주장, 액자, 모범… 따위에 매여서는 안 된다. 이것들이 자기를 속박하는 "눈뜬 장님 새"가 되게 하는 요인이다. 특히 명예, 재물, 지식, 색(色) 같은 탐욕을 버려야 한다. 탐욕은 자유로운 자기 인식의 숙적이다.

자기를 안다는 것은, 아무 바람 없이, 어떤 해석도 없이, 마음을 그저 바라보는 것이다. 텅 빈 마음이 내는 소리에 귀 기울일 때, 공성(公性)의 시가 찾아온다. 내가 구하지 않아도 시는 항상 거기에 있다가 힘을 뺀 마음에 다가온다. 아침 안개처럼, 숲속 여우처럼 다가온다. 창작으로 가는 길은 "땅에도 하늘에도" 없다. 역설하자면, 근사한 창작(시)을 바라는 마음을 놓아버림에 길이 있다.

토마토에 이어폰을 꽂고 귀로 듣는 아침,

처음 들어보는 음악

토마토를 감상하는 시간이 즐겁습니다

토마토가 부드럽게 혈관을 타고 흘러가면서
온몸이 토마토로 물들어가는 느낌,

적색의 무른 흥분은 내가 바라던 노래입니다

점액질의 토마토즙이 분비되기 시작해서
마른 뇌파를 적시는 절정에 이르기까지,

빨갛고 동그란 토마토인들이 디베르티멘토를 연주하며
탱글탱글 우주의 생성을 노래합니다

꼭지를 딸까 말까 망설이다 맞이한 새벽,

이어폰을 뺀 귀에서 피가 흘러나옵니다
내 몸에서 불순물이 빠져나가는 것을 확인하는 순간

토마토가 익는 계절이 무한대로 펼쳐집니다
 - 이종섭 「토마토를 듣다」 전문

시는 긴장감이 있거나 재미가 있거나 개성이 있어야 한다. 형식은
자유롭고 뜻은 깊어야 한다. 비유와 상징은 새로워야 한다. 어디서

본 듯한 내용과 표현은 죽은 것이다. 자기만이 낼 수 있는, 독특한 소리로 노래해야 한다. 개성 넘치는 춤을 춰야 한다. 시인이라면 모두 아는 사실이다. 이 사실이 기시감이다. 기시감이 드는 시는 버리는 게 좋다.

「토마토를 듣다」는 제목부터 밭에서 방금 따온 토마토처럼 신선하다. "토마토가 익는 계절이 무한대로" 펼쳐지듯, 의미 또한 깊어지고 넓어지는 시다. "토마토에 이어폰을 꽂고 귀로 듣는 아침," "토마토가 부드럽게 혈관을 타고 흘러가면서 / 온몸이 토마토로 물들어가는 느낌," "적색의 무른 흥분," "탱글탱글 우주의 생성," "꼭지를 딸까 말까 망설이다 맞이한 새벽," 같은 표현이 재밌고 새롭다. 우리에게 발상의 전환을 깨우치는 시다.

시는 언어의 사원이다. 절에 가는 마음으로 언어를 조탁하고 기초부터 튼튼히 쌓아야 한다는 것을, 시인이 우리에게 보여 주는 듯한 작품이다. 또 음악에 대한 남다른 이해가 없이는 쓸 수 없는 시다. 시는 남이 본 것을 나도 보았다고 주장하는 말이 아니다. 남이 보고도 보지 못한 것을 나만이 보고서 낯설게 묘사하는 그림이다.

그러나 지나친 낯설기와 비유로 무슨 말을 하는지 모를 정도로 시인만 자족한 시도, 물고기 한 마리 살지 못할 정도로 세련한 시도 삼가는 것이 좋다. '되어 있는 시'보다는 '되어가는 시'가 더 좋다. 독자가 참여하는 열린 시가 좋다. 열매로 가는 길에서 활짝 핀 꽃의 시를 읽으면, "내 몸에서 불순물이 빠져나가는" 듯이, 머리에서 굳어 있던 관념이 녹아 빠져나간다.

시는 어른이나 어린이나 누구든지 쓸 수 있다. 시는 타고난 재능이 있어야 쓸 수 있다고 말하는 사람은 오만한 사람이다. 시인은 꿈꾸게 하는 사람이다. 그런데, 남의 꿈을 좌절시키는 사람은 소인배다. 기득권에 사로잡힌 그의 삿된 말은 귓등으로 흘려보내야 한다. 어떤 일이든 권위주의에 구속되거나 기죽지 말아야 한다. 다만 자신에게 부끄럽지 않게, 정직하고 진실하게 사는 일에 힘써야 한다. 이 삶에서 '새롭구나! 아름답구나! 그렇구나!,' 하고 느낀 것을 모국어로 토해내면 시가 된다. 또 유명한 사람과 유행을 비판 없이 쫓아다니지 말아야 한다. 먼저 부지런히 독서하고 사유하고 습작하면, 무엇인가 찾아오고 발견할 수 있다.

고갯길은 골짜기를 파고들며 솟아오른다. 그 골이 얼마나 깊고 좁은지, 양쪽 비탈에 지게꾼 바지게가 거치적거리며 부딪칠 정도다. 이토록 비좁은 길목에 '대문'을 달아 놓는 상상을 해보라. 어찌나 우스꽝스럽고 기발한 발상인가! 농사짓는 이들 입에서 태어난 이 맛깔스러운 이름, '대문달고개'를 듣는 순간, 우리는 재미와 익살을 넘어 삶의 고단함을 삭이려는 해학에서 왠지 모를 서글픔을 느낀다. 그 좁디좁은 고개를 오르내리는 고통과 고단함이야 오죽하랴.

멀리서 바라볼 때, 이 풍경은 그저 한가로운 동양화 한 폭처럼 한없이 아름답기만 하다. 마치 신선처럼 "구름에 달가듯이 가는" 유유자적한 구경꾼이 느끼는 정취일 뿐이다. 그러나 무거운 짐을 진 지게를 메고 그 길을 직접 걸어가는 순간, 세상은 아주 딴판이 된다. 우아한 시선이 닿지 않는 그 험한 길을 걷는 철원 백성은 이렇게 타령한다.

못 가겠네 못 가겠네
새등 같은 등에다가
태산 같은 짐을 지고
활등같이 굽은 길을

설레같이 못가겠네

멀리서 바라보는 한가로움과 등에 짐을 진 고단함은 하늘과 땅 사이 간격이다.

나는 모국어로 어떠한 시를 써야 할까? 그 해답은 다산 정약용 선생이 힘주어 일러준 시론에서 찾는다. "나라를 근심하는 내용이 아니면 시가 아니고, 시대를 아파하고 세속을 분개하는 내용이 아니면 시가 될 수 없다." 시란 곧 이 '대문달고개'에서 태산 같은 짐을 지고 버티던 백성의 땀과 눈물, 즉 구체적인 삶의 고통과 비애에서 시작되어야 한다.

음식에 녹아 짠맛을 내지 않은 소금은 가짜다. 삶에 스며 슬기롭게 행동하지 않은 지식 또한 가짜다. 그리고 이 가짜 지식을 코에 거는 순간, 인격과 단절된 지식인은 분명 위선자가 된다. 법정은 「무학」에서 말한다. "무학(無學)이란 말이 있다. 전혀 배움이 없거나 배우지 않았다는 뜻이 아니다. 많이 배웠으면서도 배운 자취가 없음을 가리킴이다. 학문이나 지식을 코에 걸지 말고 지식 과잉에서 오는 관념을 경계하라는 뜻이다. 지식이나 정보에 얽매이지 않은 자유롭고 생기 넘치는 삶이 소중하다는 말이다. 지식이 인격과 단절될 때 그 지식인은 가짜요, 위선자다."

나는 가끔 느낀다. 몇몇 신학자가 쓴 성경 주석보다 간결하고 명료한 텍스트 자체를 읽을 때가 훨씬 더 쉽다는 것을. 성경 텍스트는 생명처럼 활기차지만, 어떤 주석은 복잡하고 어지러워 관념의 늪에 빠진 듯 무기력하기 때문이다. 불경과 문학도 마찬가지다. 지식의 짐을 벗어던진 무학은 곧 살아있는 삶의 태도다. 관념은 껍데기고 죽음이다.

용서와 사랑, 그 어려운 일

용서란 용서할 수 없는 원흉을 용서하는 일이다. 사랑이란 사랑할 수 없는 원수를 사랑하는 일이다. 누구나 할 수 있는 용서는 미덕일 뿐, 용서다운 용서가 아니다. 누구나 할 수 있는 사랑은 친밀한 애정일 뿐, 숭고한 플라토닉 사랑이 아니다. 그런데도 아주 삼갈 일이다. 예를 들면, 제삼자가 영화 〈밀양〉에 나오는 '신애' 같은 피해자에게 사태를 외면하고 무조건 가해자를 용서하라고, 사랑하라고 함부로 말해서는 안 된다. 그것은 피해자의 고통을 무시하는 경우 없는 짓이다. 성자가 아닌 이상, 경우를 무시하고 무조건 용서하고 사랑할 수는 없는 노릇이다. 가해자가 피해자에게 무릎 꿇고 진정으로 사죄하고, 피해자가 가해자에게 그만 무릎 꿇으라고 마음으로 그 사죄를 받아들일 때, 용서와 사랑이 하나가 된다. 둘 다 아픔이 말끔히 가시지는 않지만, 무겁게 짓누르던 마음이, 이후 삶이 조금은 가벼워질 수 있다.

불의를 보고 분노하지 않는 사람은 비굴하다. 그러나 이성을 잃어버린 격분 상태에서 행동해서는 안 된다. 자칫 말과 행동으로 돌이킬 수 없는 실수를 할 수 있기 때문이다. 격렬한 분노를 분출하는 일은 내일로 미루어도 늦지 않다. 상황을 차분히 살피고 해결책을 궁구하는 일이 먼저다.

평상시 공부하고 논리로 무장하는 일도 중요하지만, 이보다 더 중요한 것은, 누가 보든 안 보든 깨끗하고 올바르게 사는 것이다. 지식과 논리보다 더 강력한 힘은 삶 자체가 정의로울 때 나온다. 오직 삶 자체가 정의일 때, 그의 말과 행동은 신뢰와 흔들림 없는 설득력을 얻는다.

제5부

문학으로 연대합니다

올바른 역사관을 가지려면

역사 교과서는 흔히 승자 관점과 논리가 지배하는 기록이다. 그러므로 교과서만으로는 균형 있는 역사를 배울 수 없다. 우리는 패자 관점과 논리로 쓴 이면사를 공부해야 한다. 정사뿐 아니라 야사까지 세밀히 살펴보아야 한다. 올바른 역사관을 가지려면 패자 처지에서 역사를 꿰뚫어 보는 통찰력을 길러야 한다. 이는 단순히 지식을 늘리는 일이 아니다. 역사에서 소외된 이들에 공감하는 태도를 배우는 일이다. 특히 세계사를 공부할 때, 미국과 유럽, 백인 중심으로 보아 온 기존 시각을 반드시 교정해야 한다.

관점에 따라 세계가 달라진다

"인생은 욕망과 권태 사이를 오가는 시계추다." 이 말을 남긴 쇼펜하우어의 염세주의 사상을 희화한 이야기를 하련다.

어느 날 아침 쇼펜하우어가 친구와 함께 산책하고 있었다. 그때 머리 위로 날아가는 새가 똥을 쌌다. 어찌하여 꼭, 그 똥이 엊그제 새로 맞춰 입은 친구 양복에 떨어졌을까. 새똥으로 더러워진 양복을 보면서 쇼펜하우어가 말했다.

"그것 보게. 내가 뭐라고 했나. 이 세계는 생각할 수 있는 세계 가운데 가장 악한 세계라고 말하지 않았나?"

G. W. 라이프니츠가 "이 세계는 생각할 수 있는 세계 가운데 가장 선한 세계다."라고 한 말을 비꼬며 우쭐대던 쇼펜하우어에게 친구가 대꾸했다.

"아니, 나는 조금도 그대처럼 생각하지 않네. 이 세계는 그래도 괜찮은 세계야. 만약 새가 아니라 황소가 하늘을 날아다닌다고 생각해 보게."

17세기 프랑스의 시인이자 작가였던 장 드 라 퐁텐, 그가 쓴 우화인 「농부와 호박」이 떠오른다. 어느 날 농부가 호박을 보면서 생각한다. 하느님은 왜 이런 연약한 줄기에 이렇게 큰 호박을 달아 놨을까? 커다란 참나무에는 보잘것없는 도토리를 주셨을까? 며칠 뒤 농부가 참나무 아래서 낮잠을 자다가 무언가 이마에 떨어져 잠을 깬다. 도토리다. 그 순간 농부는 크게 깨닫는다.

"아이고! 호박이면 어쩔 뻔했을까?"

세계를 어떻게 볼 것인가? 쇼펜하우어처럼 볼 것인가, 쇼펜하우어의 친구와 농부처럼 볼 것인가? 관점에 따라 세계가 달라지고, 세계가 달라지면 삶이 달라진다. 결국 시계추를 긍정 쪽으로 움직일 힘은 나에게서 나온다.

변신

　프란츠 카프카의 「변신」에 나오는 사장은 지배인 위에서 군림한다. 지배인은 주인공, 그레고르 잠자(Gregor Samsa) 위에서 군림한다. 사장도, 지배인도 부하직원에게 의존하는 자본주의 종속체제. 카프카는 "자본주의란 안쪽에서 바깥쪽으로, 바깥쪽에서 안쪽으로, 또 위쪽에서 아래쪽으로, 아래쪽에서 위쪽으로 흘러가는 종속적인 체계다. 모든 것은 종속돼 있고, 동시에 족쇄에 매여 있다. 즉 자본주의는 그 자체로 하나의 세계이자 영혼이다." 하고 말한다.

　이런 자본주의 종속체제에서, 카프카에 따르면, 벌레 같은 이생 삶은 견딜 수 없고, 다른 삶에는 도달할 수 없는 절망에 처한 사람이 소망하는 유일한 출구는 죽음이다. 그레고르 잠자가 굶어 죽기를 결단한 까닭도, 인간다운 삶이 말살되고 정신과 육체가 소외된 이생 삶을 마감하고 다른 삶에 이르려는 소망 때문이다. 인간 존엄성이 벌레가 되는 자본주의 사회는 비극이다. 카프카가 작가로서 빛나는 까닭은, 삶을 황폐화하는 자본주의의 도래를 오래전에 예측하고 경고했기 때문이다.

영문학자가 러시아 소설에 빠져

19세기 영국 소설가인 찰스 디킨스보다 러시아 소설가인 레프 톨스토이가 나에게 훨씬 더 폭넓은 이해력을 주는 까닭은 무엇일까? 왜 톨스토이는 디킨스보다 훨씬 더 많은 이야기를 나에게 들려줄까? 톨스토이가 디킨스보다 훨씬 더 재능이 많다거나, 더 지식이 깊다는 근거는 없다. 다만 나는 소설을 읽고 생각할 뿐이다. '톨스토이 소설에 등장하는 사람들은 성장하고 영혼을 가꾼다. 그러나 디킨스 소설 인물들은 완성되고 영혼이 굳어 있다.'

조지 오웰이 말한 것처럼, 디킨스가 묘사한 인물들은 그림이나 가구처럼 늘 변하지 않는 한 가지 태도를 보인다. 그러나 톨스토이가 그린 사람들은 구름이나 새처럼 정신적인 경계를 넘나든다. 나는 톨스토이보다 디킨스를 더 많이 공부했지만, 내 머리에는 디킨스 소설 주인공들보다 톨스토이 소설 주인공들이 더 유연하게, 더 생생하게 남아 있다.

영국소설을 깊게 공부하지 않은 탓일까? 여기서 오는 가벼운 인상 비평 탓일까? 아니면, 편견과 오만(hubris : 서양 고전문학에서 주인공이 실패하고, 멸망하고, 죽은 원인) 탓일까? 아마도, 이보다는 디킨스가 '런던내기'로 노동자와 농민을 모르고 그들 삶을 겪어본 적

         푸조나무 아래서

없는, 더군다나 자기 자신을 중산층과 동일시한 태도 때문일 것이다. (디킨슨을 싫어하지 않지만) 그 태도에서 나오는 위선이 못마땅하기 때문일 것이다.

1930년대 영국 문단은 지식층이란 잡초만 무성하게 자랄 수 있는 해로운 밀림 같다. 문단 신사가 되어 품위를 지키려면 인기 있는 작가가 되는 수밖에 없다. 잘난 척하는 잡지에 발을 들여놓고 지식층에 속하려면 앞뒤 가르지 않고 몸을 바쳐야 한다. 막후 조종과 은밀한 아부 작전에 기어들어야 한다. 문단 지식층 세계에서 성공이라는 것을 하는 데에, 문학 재능보다는 칵테일파티 주역이 되는 일이, 벌레 끓는 새끼 사자들 엉덩이를 핥아주는 일이 더 큰 구실을 한다.

영국 문단에는 장학금으로 교육받은 프롤레타리아 출신 젊은이들이 넘쳐난다. 그들 가운데 많은 사람이 자신이 속한 계급을 대변하기에는 아주 부적합하고 몹시 역겹다. 부르주아가 프롤레타리아를 동등한 조건에서 대면하는 데 성공한다고 해도, 그런 유형을 만나게 된다는 것은 매우 유감스러운 일이다. 프롤레타리아와 부르주아의 만남은 오랫동안 소식을 모르던 형제가 포옹하는 환대가 아니다. 그것은 전쟁에서나 엿볼 수 있는, 물과 기름 같은 문화가 충돌하는 적대다. 조폭 문화는 포용을 경멸한다.

지금 한국 문단은 어떤가?

길에서 동냥한 말씀

점심시간, 시장 골목을 어슬렁거리다가 한 말씀 마음에 담는다. 얼핏 엿들은 말이었지만, 소가 되새김질하듯 곱씹을수록 참되고 깊은 맛이 우러난다. 8월 무더위에도 아랑곳없이, 좌판 옆 사과 종이상자를 펴고 앉아 국밥을 달게 먹으며 환하게 웃는 아주머니, 그 모습이 살아있는 부처다.

"내 다리로 걸어 다닐 수 있을 때, 여행도 자주 하고, 내 입으로 먹을 수 있을 때, 맛있는 것도 즐겨 먹고, 내 정신이 멀쩡할 때, 하고픈 일도 맘껏 해야 해. 병들면 돈도, 금도 쓸데없고 만사가 귀찮아."

아주머니가 삶에서 직접 얻은 이 말씀은 단순명쾌하다. 걸을 수 없는 날, 먹을 수 없는 날, 마음대로 일할 수 없는 날이 오고, 병들어 자리에 눕게 되면 돈도 소용없고, 모든 것이 시들해진다는 냉정한 사실이다. 그러므로 두 발로 걷고, 맛을 느끼고, 일할 수 있고, 사랑까지 나눌 수 있는 지금, 이 순간이 얼마나 고맙고 행복한 시간인가 하는 깨달음이다. 길을 가다 무심코 동냥한 이 말씀에, 나는 마치 성인을 만나 소중한 가르침을 받은 것처럼 가슴이 뛴다.

먼 길이라도 꼭 가야 할 이유가 있는 사람은 행복하다. 아무리 멀리 있어도 마음속에서 사라지지 않는 사랑을 품고 살아갈 수 있기 때문이다.

세월이 흘러도 잊을 수 없는 사랑을 가슴에 간직한 사람은 행복하다. 시간 흐름에도 마음마저 퇴색하지 않는 변치 않는 사랑을 안고 살아가기 때문이다.

타향에서 외롭고 서러울 때 뜬금없이 비바람을 헤치고 눈을 감고도 찾아갈 수 있는 곳이 있는 사람은 행복하다. 어머니 자궁같이 포근하고 아늑한 고향이 있기 때문이다.

살가운 옛 동무가 동구 밖에 따뜻하게 마중 나온 사람은 행복하다. 땅바닥에 주저앉아 주책없이 울더라도 삶의 뿌리 같은 사랑을 짚고 다시 일어설 수 있는 까닭이다.

그렇다! 사랑할 수 있을 때 바로 사랑해야 한다. 신뢰와 이해, 그리고 오래 참는 마음으로. 사랑하기 가장 좋은 때가 지금이고, 사랑하기 가장 좋은 곳이 여기며, 사랑해야 할 사람은 바로 가장 가까이에 있는 그 사람이다. 먹고사는 일이 고달프고, 날씨마저 후텁지근하여 몸과 마음이 지치기 쉬운 시절이다. 이런 때, 사람이 이웃을 사랑하는 일보다 더 크고 값진 영혼의 가치는 없다. 사랑은 허다한 허물을 덮는다. "사랑은 모든 율법의 완성이다." 사도 바울이 가르친 것처럼, 노점상인 아주머니의 그 소박하면서도 감칠맛 나는 말씀을 한 번쯤

되새기며, 이 어려운 시기를 슬기롭고 건강하게 건너가길 바란다.

"내 다리로 걸어 다닐 수 있을 때, 여행도 자주 하고, 내 입으로 먹을 수 있을 때, 맛있는 것도 즐겨 먹고, 내 정신이 멀쩡할 때, 하고픈 일도 맘껏 해야 해. 병들면 돈도 금도 쓸데없고 만사가 귀찮아."

피가 거꾸로 솟는다. 찍소리 못하고, 머리보다 발을 더 높이 쳐들고 차가운 의자에 무력하게 드러눕는다. 치 떨리고 이가 갈리는 소리를 이겨내려 입을 앙다물지만, 언제나 그 투지는 무력하게 제압당한다. 체념한 자는 고분고분한가? 순하게 입 벌린 채 털 깎이는 양처럼.

'포비아(phobia)'가 폭발하려 한다. 어둠을 얼굴 위에 펼치는 가리개는 고문실로 들어가는 차가운 철문. 두 손으로 의자를 쥐고 식은 땀을 흘리며 의자 팔걸이를 긁는 열 손톱. 천장에 오르는 무수한 소리 없는 아우성. 그 자국들은 총알 맞은 듯 찢긴 창호지. 머릿속을 뚫고 지나간 탄흔 구멍마다 별들이 번개처럼 섬광을 친다. 잇몸에서 뛰쳐나온 핏물은 목구멍 속으로 투신하고, 간호사가 위안하는 말들은 귀를 명중하지 못하고 빗나가는 난사(亂射)다. 나는 교실 뒤, 무릎 꿇고 걸상 들고 벌서던 아이처럼, 잠깐이라도 이 난장판을 벗어나려고 딴생각한다.

어릴 적, 가지고 놀 것이 없던 새까만 농촌에서 흔들리는 앞니를 장난감처럼 흔들며 즐기던 시절. 누님은 오래 방치하면 뒤따라 나오는 이가 멧돼지 뻐드렁니같이 험상궂게 될까 걱정했지. 앞니와 문고리를 무명실로 팽팽히 묶고 '눈 감아봐'라는 말이 떨어지기가 무섭게 잽싸게 방문을 열어젖혔던 그 순간. 툭! 앞니는 도망가지 못하고 방바닥에 나뒹구는 작은 백골. 피가 조금 났을 뿐, 하나도 아프지 않았지. 아니, 아플 새가 없었지. 마당에 나가 "까치야 까치야 헌니 줄게 새 이 다오" 하고 노래하며, 뺀 앞니를 초가지붕 위에 던졌지. 까치가 반듯한 이를 곧 가져다주리라는 약속을 굳게 믿고서.

이제, 손에 힘을 뺀다. 윗몸을 일으킨다. 무거운 눈꺼풀을 들어 올린다. 피 섞인 아픔을 후련하게 헹군다. 까마득한 그 기억을 허공에 던지고 창밖을 내다본다. 까치 한 마리가 나무의 충치인 삭정이를 단단히 물고 미련 없이 날아간다.

돋보기 끼고 찬물 마실 때 시린 이처럼, 삶의 정수리가 휑하다. 공평한 세월이 호주머니에 넣고 달려오는 종점에 가까이 다가갈수록, 하릴없이 수긍할 것, 인정할 것, 버릴 것이 내 몸의 일부처럼 날로 덧쌓인다.

맑고 고요한 하늘, 구름, 바람, 비가 되지 않고서, 소유욕이라는 무거운 신발을 신고는 숲 안으로 단 한 발짝도 옮길 수 없다. 숲은 아침 이슬을 머금은 산소의 집, 생명이 호흡하고 노래하고 춤추고 사랑하는 모든 존재의 요람. 이 영원한 요람을 이루는 나무를 베고, 길을 내는 짓은 단순한 파괴가 아니다. 그것은 자연에 생존하는 숱한 목숨을 학살하고, 미래 세대에게서 숨 쉴 권리와 방을 송두리째 앗아가는 폭력이다. 우리 모두 공멸로 달려가는 가장 넓고 치명적인 지름길이다. 인간이 자연의 푸른 가슴에 비수를 내리꽂는 잔인한 만행이다.

200년을 버텨낸 나무들의 장대한 생명을 살려내려, 멸종 위기에 있는 애기뿔쇠똥구리를 이 땅에 붙잡아 두려, 팔색조가 깃들어 사는 보물 같은 서식지를 영원히 보존하려…, '비자림로를 지키려는 시민모임' 활동가들은 아름드리나무가 잘려 나가는 참혹한 학살 현장에서 인간의 탐욕이 던지는 날카로운 비수를 온몸으로 막고 서 있다. 그것은 가장 낮은 곳에서 나오는 순수한 절규이며, 미래를 걱정하는 뜨거운 눈물이며, 생명을 죽이는 폭력에 맞서는 정의로운 분노이며, 모든 걸 감싸안는 위대한 사랑이다.

이 사랑이 끝내 이기리라.

반드시,

깨어있는 생명의 힘으로 승리하리라.

절실하게 쓸모도, 분명한 명분도 없는 제주 제2공항 건설에 목숨을 걸고 저항하는, 가장 약하고도 강인한 존재들과 함께, 물신(物神) 중심의 삶에 깊이 물든 자본의 방식이 빚어낸 이 비극적인 죄악 때문에, 영원히 잃어버린 숲에 살았던 모든 생명과 존재를 기억하며, 제주를 지키는 푸른 정령들이 이 땅에서 영원히 평화롭기를 간절히 빈다.

그것은 그냥 손에 들린 기계가 아니다. 이제 우리의 '손(Hand)' 그 자체다. 문자 그대로, 우리 몸의 일부가 되어버린 존재다.

그것 없이는 우리는 외출을 망설이고, 그것 없이는 글도 제대로 쓰지 못한다. 소통, 여행, 기록, 오락, 정보 획득까지 어렵다. 사진을 찍지도, 음악을 듣지도, 영화를 보지도 못한다. 신문을 읽고, 텔레비전을 보고, 라디오를 듣는 모든 행위가 그것을 쓰지 않고는 불가능할 정도다. 유튜브 접속은 물론이요, 게임, 심지어 농사를 짓고 소를 키우는 일상의 영역까지도 깊숙이 파고든 핸드폰.

밥을 먹고 잠을 자는 사사로운 시간, 장을 보고 돈을 결제하는 경제활동, 길을 찾고 날씨를 확인하는 생존 활동, 비행기표를 구하고 예약을 하는 미래 계획, 긴급 신고와 사고 처리 같은 사회적 의무, 애인을 만나고 보고서를 제출하며 수강 신청을 하는 생활, 그것 없이는 작동하지 않는다. 놀지도, 쉬지도 못한다.

이 밖에도 그것 없이는 할 수 없는 일이 수두룩하다. 정말, 그것 없이는 문밖으로 한 발짝도 나설 수 없고, 그것 없이는 숨조차 제대로 쉴 수 없는 것 같다. 그것이 사라진 세상은 캄캄한 어둠이며, 마음은 울울한 무덤이다. 개 목걸이다. 어른이든, 아이든, 하루라도 그걸 뜯여다보지 않으면 금단 증세가 발동한다. 손이 떨리고, 정신이 혼미하며, 불안이 엄습한다.

우리는 너무 멀리 와 버린 것은 아닐까. 핸드폰을 내려놓고, 사람이 사람과 마주 보며 정다운 이야기를 나누는, 따뜻한 피가 흐르는 인간으로 돌아가기에는 너무 늦어버린 것은 아닐까. 마치 파우스트가 사악한 메피스토펠레스에게 영혼을 팔아넘긴 것처럼, 우리는 이 차가운 기계에 우리의 뜨거운 영혼을 바쳐버린 것은 아닐까. 기계의 노예가 되어버린 이 시대, 우리는 인간성을 회복할 수 있을까. 반도체와 인공지능의 노예가 아니라고 말할 수 있을까.

기후 위기를 극복하려면

많은 현대인이 기후 위기를 먼 미래에 올 위협이거나 딴 나라에서 벌어지는 일로 치부하며 그 심각성을 외면한다. 이러한 안일한 인식은 우리가 이미 기후 붕괴의 한가운데 서 있다는 엄중한 현실을 애써 무시한다.

끝없는 인간 중심 욕망이 환경을 파괴하는 근본 원인이다. 함부로 나무를 베어 목장을 만들고, 산을 깎아 터널을 뚫으며, 논과 밭을 메워 고속도로를 내는 행위는 자연 생태계 기반을 허문다. 과도한 육류 소비, 물 쓰듯 하는 물 낭비, 석유 기반 에너지의 무분별한 사용은 지구자원 고갈을 가속한다. 또한 온갖 쓰레기로 강을 오염시키고, 핵폐기물로 바다 생태계를 죽음으로 몰아넣는 짓은 생명 존중 가치를 완전히 상실한 폭력이다.

이러한 모든 인간 행위가 불러일으킨 기후 위기는 결국 돌이킬 수 없는 지구 재앙으로 이어져 인류 공멸을 초래할 것이다. 우리는 이미 빙하가 녹고 해수면이 상승하는 현상을 목격하며, 과거에 없던 극한 기상 이변(큰비, 큰눈, 큰불, 큰바람, 큰파도, 큰더위, 큰추위)에 시달리고 있다. 수많은 동식물이 멸종하는 지금, 기후 위기를 넘어선 명백한 기후 붕괴상태다.

기후 위기를 극복하려면, 세속인이 말하는 성공이라는 환상, 더 많이 가지고 더 많이 쓰면 행복하리라는 신기루를 추종하는 도깨비 욕망에서 돌아서야 한다. 두엄자리 굼벵이 한 마리, 길가 꽃 한 송이, 돌멩이 하나까지도 아끼고 사랑하는 마음을 회복해야 한다. 후손에게 지구를 온전하게 되돌려주려면, 불편해도 나부터 소박하고 가난한 생활에 앞장서는 길밖에 없다. 지구 문제는 선택과 기호 문제가 아니다. 그것은 공멸이냐, 공생이냐 하는 절체절명에 직면한 문제다.

우리가 당면한 기후 위기를 첨단과학과 기술 발전만으로는 해결할 순 없다. 우리에게 도움을 주는 기술이 발전하더라도, 인간의 무한한 소비 욕구를 제어하지 않는 한, 그 모든 기술에 기울이는 노력은 무용지물이 될 것이다. 아끼고 삼가는 생활 태도와 생명 존중 윤리가 이 위기를 극복할 수 있다. 후손에게 지구를 온전하게 되돌려줄 책임은 현재를 사는 우리에게 있다. 이는 진적으로 인간의 윤리적 성찰과 실천에 달린 문제다.

하늘에 구멍이라도 난 듯 장대비가 온종일 쉼 없이 쏟아진다. 그 무자비한 빗물에 논과 우사, 비닐하우스가 힘없이 잠긴다. 삶의 터전인 집이 무너져 내리고, 마을을 잇던 도로는 토막 나며, 다리는 엿가락처럼 휘어 망가진다. 가을 햇살을 기다리던 벼는 흙탕물 속에 처박히고, 탐스럽게 익어가던 과일은 바닥에 나뒹군다.

비단 식물뿐이랴. 사람이 죽는다. 익사한 짐승 사체가 퉁퉁 불어 강물에 떠내려간다. 그 죽음의 행렬 뒤로 인간이 버린 온갖 쓰레기가 산더미처럼 밀려와 바다를 뒤덮는다. 고기 잡는 배도, 김 양식하는 배도 그 거대한 쓰레기 무덤에 발이 묶여 꼼짝달싹하지 못한다. 질식한 바다가 여기저기서 하얀 배를 드러낸 물고기 떼를 토해낸다. 바다는 그야말로 아수라장, 엉망진창이다.

봄에는 산불이 숲을 태우고, 여름에는 산사태가 마을을 덮친다. 이것은 사람을 살리는 나무를, 사람이 편의라는 이름으로 죽인 참혹한 대가다. 하늘이 양동이로 퍼붓는 듯한 이 거대한 물 폭탄을 땅인들 무슨 수로 감당하겠는가. 지탱할 힘을 잃은 흙살은 비명을 지르며 경사로 아래로 달음질친다. 뿌리 뽑힌 나무들이 흙더미와 뒤엉켜 마을을 덮치는 꼴을, 산은 그저 속수무책으로 내려다볼 뿐이다.

사람들은 서에 번쩍 동에 번쩍, 미친 듯이 전국을 유린하는 이 역대급 장대비를 일컬어 '괴물 폭우'라 부른다. 그러나 묻고 싶다. 정말 하느님이 괴물을 낳아 애먼 사람을 해코지하는 비정한 아버지란 말인가? 자연이 아무런 이유 없이 인간을 공격하는 것인가?

우리는 산허리를 잘라 아스팔트 도로를 냈다. 들판과 산자락을 파헤쳐 기업형 축사를 지어 소와 돼지와 닭을 공산품처럼 찍어냈다. 자가용과 비행기를 타고 다니며 탄소를 뿜어댔다. 유행이 지났다는 이유로 멀쩡한 옷을 장롱에 쟁여두거나 버렸다. 마시는 시간보다 썩는 시간이 수백 배는 긴 플라스틱 컵과 비닐을 죄책감 없이 내버렸다. 물, 전기, 기름, 종이를 마르지 않는 샘물인 양 흥청망청 써댔다.

끊임없이 기후재앙을 부채질한 장본인은 바로 우리다. 그러니 진짜 괴물은 폭우가 아니라, 끝없는 욕망으로 자연을 유린한 사람이 아닌가. 자연에 수많은 폭력을 행사해 놓고, 그 결과로 돌아온 죽음과 파괴를 두고 하늘의 탓이라 돌리는 것은 얼마나 파렴치한가. 지구가 열병을 앓으며 까무러치고 몸부림치는데, 편리와 경쟁과 욕망의 브레이크를 밟을 생각하지 않고, 눈앞에 닥친 재난에만 발을 동동 구르는 우리는 얼마나 어리석은 존재인가.

이 어리석음을 꾸짖고, 잠든 양심을 깨우쳐 돌아서게 하는 사람이 진정한 시인이다. 컴퓨터와 인공지능이 화려한 문장을 쏟아내는 시대지만, 정작 병든 대지가 내는 신음을 듣고 대변할, 가슴 뜨거운 참 시인은 드물다.

사철 사방에서 말세를 예고하는 징후가 차고 넘친다. 바야흐로 인류세(Anthropocene)가 저물어가고 있다. 이 절체절명의 시기에 우리는 현상에 불평만 늘어놓아서는 안 된다. 문제의 본질을 직시하고 행동해야 한다. 지구라는 거대한 생명체를 죽음으로 몰고 가는 암세포, 그 탐욕을 우리가 앞장서서 제거해야 한다.

이 일은 누구에게 미룰 수 없다. 내가 먼저 나서서 손발은 수술칼이 되어 오염을 도려내고, 가슴은 치료제가 되어 상처를 보듬어야 한다. 일상에서 자원과 물건을 아끼는 검소함은 기본이요, 풀 한 포기, 나무 한 그루, 벌레 한 마리까지도 나와 연결된 소중한 '한울님'으로 모시는 시천주(侍天主)의 마음을 회복해야 한다.

하늘과 사람과 만물을 신성하게 섬기고 모시는 생명 평화 사상. 이것만이 죽어가는 지구를 살리고, 벼랑 끝에 선 사람을 구하며, 만물을 다시 이롭게 하는 길이다. 자연을 살리는 것이 곧 나를 살리는 길임을 깨닫는 것, 그것이야말로 만물의 영장인 사람만이 할 수 있는 가장 크고 빛나는 과업이다.

그리스 신화가 주는 교훈

고대 그리스 신화는 우리에게 시대를 초월하는 두 가지 근원적인 진실을 속삭인다. 하나는 정해진 운명에 대한 겸허한 수용이며, 다른 하나는 인간의 오만(Hybris)이 반드시 불러오는 파멸이다. 태양으로 치솟았던 이카로스 이야기는 이 오만의 그림자를 가장 선명하고 잔혹하게 보여 준다.

날개를 달고 창공을 비상하는 자유라는 달콤한 환상을 얻었을 때, 이카로스는 아버지 다이달로스가 간절히 경고한 언명을 무시한다. "너무 높이 날아 태양 가까이 가지 마라"는 현자의 목소리를, 그는 자신의 새로운 능력에 대한 과신으로 가볍게 여긴다. 자신의 한계를 인정하지 않는 지나친 자만심에 심취하여 금지된 영역을 침범한 결과, 뜨거운 태양 열기에 날개 밀랍이 녹아내리며 그는 처참하게 바다로 추락하고 만다. 그에게 허락된 짧고 황홀한 비상은, 인간의 오만이 치러야 할 잔혹한 대가를 상징하며 우리 가슴에 아프게 새겨진다.

이 비극이 주는 교훈은 현대 사회의 심연에도 짙게 드리워져 있다. 우리는 경이로울 만큼 빠른 속도로 기술을 발전시키며 인공지능과 로봇이라는 새로운 피조물을 일상 깊숙이 끌어들이고 있다. 그러나 우리가 이 거대한 지능을 완전히 통제하고 지배할 수 있다는 오만에 빠진다면 어떻게 될까? 인간 한계를 잊은 채 기술력만을 맹신할 때, 우리는 언젠가 우리가 만든 피조물한테 오히려 지배당하는, 주객이 뒤바뀐 장래를 맞이할 수도 있다.

더욱이, 과학 기술 발전은 환경 문제를 해결할 수 있는 만능열쇠가 아니다. 도리어 인공지능을 제조하고 학습하고 사용하는 과정에서 발생하는 막대한 탄소 배출량처럼, 인간의 오만하고 무분별한 산업화와 개발은 자연에 씻을 수 없는 상처를 남기고 있다. 자연은 이미 기후재앙이라는 명확한 경고를 보내고 있는데도, 우리는 여전히 과학과 기술로 자연을 지배하고 통제할 수 있다는 환상에서 벗어나지 못하고 있다. 인간 한계를 인정하지 않는 이 오만이야말로 인류를 파멸로 이끄는 가장 치명적인 맹독이다.

이러한 오만과 위기 시대에, 우리가 취해야 할 태도는 분명하다. 그것은 자기 한계를 겸손하게 인정하고, 지혜로운 다른 사람 말에 귀 기울이는 경청이다. 끊임없이 배우고, 깨닫고, 자신을 성찰하는 일만이 우리를 자연과 인간이 조화롭게 공존하는 길로 안내할 수 있다. 그것이야말로 이카로스의 추락이 남긴, 비극을 되풀이하지 않는, 진정으로 현명한 처사다.

양버즘나무는 기어이 팔에 힘을 풀고, 손바닥만 한 이파리를 허공에 놓아 보낸다. 그 낙하의 궤적을 오가는 사람들이 잠시 멈춰 서서 올려다본다. 환한 우듬지에 지난 계절의 추억처럼 빈 까치집 하나가 앉아 있다.

대낮에도 어두운 그림자를 드리우던 긴 가로수 터널에 빛의 구멍이 뚫린다. 햇빛은 이제 굵은 동아줄을 타고 지상으로 쏟아져 내리고, 궂은날이면 차가운 비가 그 빈 가지들 사이로 맑은 눈물처럼 흘러내린다. 그 터널 한가운데, 넓적한 버짐 같은 껍실을 벗어딘진 플라타너스에 등을 기대어 강물을 바라본다.

수면 아래 잉어는 낚시꾼을 놀리듯, 머리꼭지를 내민 찌 옆에 몸으로 동그란 파문을 그리고는 유유히 물속으로 잠긴다. 반갑게도 물오리 떼가 일 년 만에 돌아와, 허연 갈대꽃들이 눈처럼 날리는 영산강에서 부지런히 자맥질하며 한철 썰렁한 삶터에 온기를 불어넣는다.

철새 한 마리가 계절을 넘어 오가는 일은 사람에게는 사소하고 작은 움직임으로 보일지 모른다. 그러나, 가만히 눈을 감고 생각해 보면 그건 놀라운 일이다. 태양 둘레를 한 바퀴 돌고 수많은 생명이 살다 죽는 우리 지구에게, 시베리아의 혹한을 물고 오는 이 작은 날갯짓은 텍사스에 토네이도를 일으키는 브라질 나비의 날갯짓보다 큰 파장이다. 우주 질서 속에서 일어나는, 가슴 벅찬 거대한 사건이 아닐 수 없다.

　영산강 물새 동네는 아주 먼 곳에서 이주해온 철새들이 텃새들과 뒤섞여 웅성거리는 생명 잔치를 연다. 모래톱 위에는 고독한 그림자를 드리운 왜가리가 서 있고, 여울에는 순간 동작을 멈춘 듯한 쇠백로가 조각상처럼 굳어 있다. 깊은 물 위에는 은빛 화살표를 그으며 나아가는 흰비오리가 지나고, 얕은 물에서는 청둥오리가 부지런히 자맥질한다. 수초 사이를 누비는 검둥오리, 뽕 소리를 내며 재빠르게 잠수하는 논병아리, 섬 가장자리에서 따스한 햇볕을 누리는 가마우지, 금실 좋고 조심스러운 원앙 부부, 그리고 거북선처럼 늠름하고 고결한 고니까지.

　어떤 녀석은 고요히 쉬고, 어떤 녀석은 물 위를 가르며 장난치고, 또 어떤 녀석은 부지런히 일한다. 부모 새들은 새끼들을 대동하고 다니며 삶의 지혜, 먹이 사냥법과 험난한 세상살이를 온몸으로 보여 준다.

　갈대 울타리로 아늑하게 둘러싸인 물새 동네를 강둑에 목석처럼 서서 바라본다. 저 새들의 공동체 가운데서는 간혹, 잠깐, 다툼은 있을지언정, 단 한 마리도 남을 부려서 먹고사는 천박한 자본가는 없다. 은행 돈으로 땅과 집을 사들이는 투기꾼 또한 없다. 남녀노소, 모든 개체가 자신의 노동으로 자급자족하며 살아간다.

　그들은 다 같이 맨발로 서서 차가운 눈을 맞고, 매서운 된바람을 견딘다. 억울할 일도, 불평할 이유도 없는 이 공동체에서, 그들은 강물처럼 흐르고 물처럼 평등하게 어려운 한 철을 건너가고 있다.

1. 운명이라고 생각하라

일어날 일이 일어난, 엎질러진 물 같은 일을 때로는 운명이라고 생각하라. 그렇다고 회피하고 포기하면, 일은 미결로 고스란히 남아 있다. 마음은 날이 갈수록 더욱 괴롭다. 과거는 어쩔 수 없지만, 미래는 바꿀 수 있다. 현재를 있는 그대로 받아들여라. 한결 가벼운 마음으로 일어난 일을 차분하게 대처하고 수습하라. 그러면 일은 원만히 해결되고, 운이 따른다면 아주 좋은 일이 생길지도 모른다. 분명한 것은 적어도 이보다 더 나빠지진 않고, 길 끝에서 나도 알지 못하는 성숙한 나를 만난다는 사실이다.

2. 칭찬보다는 격려를

플라톤이 말한 파르마콘(pharmakon)은 약이면서 독이라는 뜻이다. 파르마콘처럼 이중성을 지닌 것이 칭찬이다. 칭찬은 좋은 점, 착하고 훌륭한 행동을 높이 평가하는 일이다. 선한 동기를 북돋아 주고 자존감을 세워주는 일이기도 하다. 장점이다. 그러나 칭찬은 경쟁심을 부추길 수 있고 우월감으로 집단을 소외시키고 다른 사람을 지배할 수도 있다. 단점이다. 칭찬은 잘했을 때, 성공했을 때, 행동과 능력을 인정했을 때, 결과에 대한 보상이다. 칭찬은 앞으로 더 잘해야 한다는 부담을 진 조건이 있는 부채다.

그러나 격려는 잘못할 때, 실패할 때, 노력과 사람을 존중할 때, 과정에 보내는 박수다. 격려는 지금도 충분히 잘한다는 조건 없는 선물이다. 칭찬이 나쁘고 격려가 좋다고 하는 이야기가 아니다. 격려가 나쁘고 칭찬이 좋다는 이야기도 아니다. 다만, 칭찬과 격려의 시기와 대상을 슬기롭게 구별하자는 뜻이다. "칭찬은 고래도 춤추게 한다지만, 칭찬은 잘하는 고래만 춤추게 하고 격려는 우리 모두를 춤추게 한다." 하고, 아들러 학파가 주장한 말에 귀를 쫑긋 세울 필요가 있다.

3. 예술인이 가는 길

완벽한 것은 예수가 재림하는 날까지도 오지 않는다. 완벽한 것은 우주에도, 천국에도 없기 때문이다. 오직 완벽으로 가파르게 난 오름길만이 있을 뿐이다. 포로처럼 두 손 들고 포기하면 모를까, 좌절로 점철된 그 길을 쉼 없이 걸어왔고, 걷고 있고, 걸어갈 사람에게는 샛길도, 쥐구멍조차도 허락되지 않는다. 시, 서, 화는 하느님이 내린 천형이다. 예술인이 걷는 미완의 길에는 즐거운 아픔, 아픈 즐거움이 빽빽하게 우거져있다.

4. 우울증을 자초하지 않으려면

남이 비난한 말에 민감하게 대응하지 말아야 한다. 비난은 비난한 순간, 그 자리에서 사라지는 입김에 불과하다. 찬송가 후렴처럼 곱씹으면 우울하지만, 사라지고 없으니까 다시 생각하지 않으면 아무 일도 일어나지 않는다. 시쳇말로 '똥 밟았구나!' 하고, 무시하면 무가 된다. 비난한 입만 똥이 될 뿐이다. 오히려 '칭찬이 비난의 탈을 쓰고 왔구나, 내가 부러워서!' 하고, 허를 찌르는 합리화와 긍정으로 인식과 처지를 뒤엎어야 한다. 이런 대범함으로 마음이 상처받지 않도록 정신력과 면역력을 길러야 한다.

5. 행복은 뿌듯한 느낌이다

아무리 기다려도 행복은 오지 않는다. 행복은 실체가 없고 꿈꾸는 것이 아니기 때문이다. 지금 여기 행복하지 않으면 영원히 행복하지 않다. 행복은 느낌이다. 음식을 먹고, 음악을 듣고, 영화를 보고, 화초에 물을 주고, 텃밭을 가꾸고, 산책하고, 사색하고, 독서하고, 글을 쓰고, 공부하고, 벗과 전화하고, 이웃과 이야기하고… 순간순간마다 뿌듯하고 흐뭇한 감흥이, 몸이 즐겁게 느끼는 모든 일이 행복이다.

6. 호기심

젊은이는 변화를 즐긴다. 새로운 친구를 만나고, 새로운 땅을 밟고, 새로운 일을 찾는다. 활동 세계를 빠르게 넓힌다. 그러나 노인은 안정을 추구한다. 옛동무가 반갑고, 살아온 곳이 편안하고, 해온 일이 무난하다. 활동 영역을 천천히 좁힌다. 진보와 보수를 떠나서, 젊게 살려면, 젊은이든 노인이든 호기심을 잃지 않아야 한다. 호기심을 잃은 젊은이는 이미 늙었고, 호기심을 잊지 않은 노인은 여전히 젊다.

7. 나이 들어보니

당연한 일이 아주 당연하지 않다. 걷는 일 한 가지만 견주어 봐도 안다. 단숨에 오르던 동산을 이제는 두세 번씩 쉬어가야 한다. 지난해에 하던 일을 올해에도 똑같이 할 수 있다면, 일을 새롭게 더하지 않더라도, 그것은 놀라운 은총이다. 머리카락에서 발톱까지 어느 한 가지도 당연한 일이 없다. 모든 일이 특별한 사건이고 기적이다. 나이 들수록 감사와 은혜는 더 크다.

8. 글감

글감이란 글을 이루는 이야깃거리다. 생물, 무생물, 존재, 비존재, 모든 것이 글감이다. 글감이 지천이다. 다만, 사소한 것도 지나치지 않고 유심히 듣고 오랫동안 보고 깊이 생각하는 사람만이 건강한 글감 종자를 얻을 수 있다. 적절히 주제를 결정하고 널리 읽히는 작품을 출산하려면, 마음 밭에 뿌려진 그 종자에게 거름과 물을 주고 가꾸는 일이 중요하다. 기교는 그다지 중요하지 않다. 또, 나중 일이다.

9. 언론인

언론인은 부당한 권력에 맞서 진실을 말하는 사람이다. 농사꾼, 노동자, 가난한 사람, 장애인, 소수자 같은 약자 편에서 인권과 권익을 옹호하고, 올바른 여론을 형성하는 사람이다. 부끄러운 조상이 되지 않으려면, 민주주의를 꽃피우려면, 사람답게 사는 세상을 일구려면, 힘 있는 정권이든 검경이든 재벌이든 군부든 불의한 세력에 저항하고, 진실을 밝히는 일은 언론인의 사명이다. 알 권리와 알릴 권리는 언론의 생명이다.

10. 교사

교사는 학생을 사랑하는 사람이다. 어떻게 하는 것이 사랑하는 것인가? 오래 참고 기다리고 격려하는 것이다, 인자한 부모처럼. 학생은 지식 전달, 기능 전수로 나를 따르라고 앞서가는 교사보다는, 알맞은 방법으로 오래 참고 기다려주는, 곧 자기를 알아주고 사랑해 주는 교사를 더 좋아한다.

11. 임금은 배, 백성은 물

당나라 태종 이세민이 궁궐 깊숙한 곳에서 신하들에게 당부했다. 천하의 일을 다 알지 못하니 참된 눈과 귀가 되어 달라고. 위징이 항상 깊은 연못을 지나고 살얼음 위를 걷듯이 일을 처리하면 나라가 오래간다며, 공자의 말을 빌려 이렇게 대답했다. "임금은 배이고 백성은 물이다(君舟也 人水也). 물은 배를 띄울 수도 있고 뒤집을 수도 있다(水能載舟 亦能覆舟)."

12. 지혜란 사소함을 보는 밝음이다

큰 나무가 부러지는 것은 좀벌레에서 시작하고, 큰 둑이 무너지는 것은 쥐구멍에서 시작한다.

13. 밥이 평화다

뼈다귀 하나만 던져 주면 개 두 마리가 사납게 싸운다. 뼈다귀 두 개를 한꺼번에 던져 주면 둘 다 희희낙락이다.

14. 고통

언제 어디에나 고통은 있다. 고통이 없기를 바라기보다는 수시로 닥치는 고통에 맞서야 한다. 고통을 피하려면 더욱 고통스럽다. 고통에 굴복하지 않고 고통을 극복하는 사람이 고결하다. 이 사람은 고통에서 배우고 고통으로 성숙한다. 고통을 이긴 사람은 자신감을 얻어 더 큰 고통을 두려워하지 않는다. 고통은 지금 가지고 있는 것에 기뻐하고 삶을 깊게 한다.

15. 민주주의

대한민국은 민주공화국이다. 모든 권력은 국민에게서 나온다. 만인이 정정당당하게 주권을 행사하고 민주주의를 경작할 때만 그렇다. 장준하 선생의 어록을 빌리자면, "민주주의가 꽃필 곳은 만인이 가꾼 화단뿐이다. 집권층이 물을 주고 국민이 버릴 때 그 꽃이 필 수 있겠는가?" 국민이 믿음이란 물을 주지 않는 정권은 말라 죽는다. 국민이 등지는 까닭은 정권이 오만과 독선과 위선으로 타락한 길을 가기 때문이다. 민무신불립(民無信不立-『논어』)! 여느 정권도 국민이 신뢰하지 않으면 존립할 수 없다.

16. 감정 이입

눈부시게 하늘이 푸르른 날, 드넓은 바닷가 모래밭이 외롭다. 사람 한 명 없어 외롭기도 하지만, 작은 의자 하나가 버려져 있어 더욱 외롭다.

17. 13

우리나라에서 4(死)를 달갑지 않은 숫자로 여기듯이, 서구 사회에서도 13을 흉한 숫자로 여긴다. 사실 13은 흉한 숫자가 아니라 길한 숫자다. 고급석공인 프리메이슨이 이 길한 숫자를 자기들끼리만 쓰고 다른 사람들은 못 쓰게 하려고 흉한 숫자라고 헛소문을 퍼뜨렸다고 한다. 미국을 상징하는 휘장을 보자. 독수리가 날개를 펴고 오른쪽 발로는 감람나무 이파리와 열매를, 왼쪽 발로는 화살을 쥐고 있다. 13개씩이다. 또, 독수리의 머리 위에 있는 별도 13개다. 13+13은 26이다. 26은 10+5+6+5로 풀어쓸 수 있다. 각 숫자를 알파벳에 대입하면 IHVH가 된다. 히브리어로 '여호와'라는 낱말이다. 1달러짜리 지폐 뒷면에 있는 피라미드 역시 모두 13층이다. 이것은 우연이 아니라 13은 성스럽고 대단히 길한 숫자임을 시사한다.

18. 음양

빛에서 그늘이 나오고 그늘에서 빛이 난다. 빛 속에 그늘이 있고 그늘 속에 빛이 있다. 수평과 수직이 만나 균형을 이루어야 십자가가 똑바로 서듯이, 하늘과 땅, 남과 여가 조화를 이루고 결합해야 세상이 돌아가고 생명이 이어진다. 우리 안에는 여성성과 남성성이 공존한다. 음양이 균형을 이룬 마음이, 기와 혈이 잘 흐르는 몸이 건강하다. 몸이 건강해야 마음이 건강하고, 마음이 건강해야 몸이 건강하다. 건강한 몸과 마음이 향기로운 삶을 꽃피우고, 그곳에 아름다운 세상이 나비처럼 깃들고, 윤기 나는 열매를 맺는다.

19. 문화

　사전은 문화를 이렇게 정의한다. "자연 상태에서 벗어나 삶을 풍요롭고 편리하고 아름답게 만들어 가고자 사회 구성원에 의해 습득, 공유, 전달되는 행동 양식, 또는 생활 양식 과정과 그 과정에서 이룩해 낸 물질적, 정신적 소산을 통틀어 이르는 말이다. 의식주를 비롯하여 언어, 풍습, 도덕, 종교, 학문, 예술과 각종 제도 따위를 모두 포함한다." 그러므로 문화는 옳다 그르다 할 수 없다. 다만 다를 뿐이다. 다른 나라 문화가 아무리 생소하고 저급하게 보여도 존중해야 한다. 그 나라 문화를 통찰하고 이해하려면 생일잔치, 결혼식, 장례식에 참여해보라. 문화를 차별하는 일이 어리석게 보일 것이나.

20. 건강 비법

　좋은 것을 많이 먹기보다는 나쁜 것을 먹지 않는다. 좋은 일을 많이 생각하기보다는 나쁜 생각을 버린다. 움직이고 걷는다. 가끔은 달리기도 한다. 집에서 약초 먹는 사람보다 산에서 약초 캐는 사람이 더 건강하다.

21. 돈

돈은 쇠이고 종이다. 황금을 돌같이 보려고 애써라. 그렇지 않으면 돈이 어느새 당신을 노예로 삼는다. 노예가 되지 않는 유일한 길은 자급자족하는 삶이다. 의식주를 내 손으로 내가 마련하면, 돈은 담장을 쌓는 돌보다 못하다. 원시 공산사회로 돌아가지 않아도 욕심을 버리고, 귀농하든 귀촌하든 시골에서 농사지으며 자족하면, 얼마든지 행복하게 살 수 있다. 오직 용기가 필요할 뿐이다.

22. 쉼

여백 있는 수묵화가 뜻깊고 아름답다. 될 수 있는 대로 느긋이 쉬어라. 많이 놀아라. 편히 쉬고 놀면서 관조하고 창조하는 삶을 만끽하라. 창조하는 삶만큼 즐겁고 흐뭇한 삶은 없다. 모든 빛나는 예술작품은 쉼과 놀이가 준 선물이다.

23. 무위자연

다리가 길다고 다리를 자르면 백로가 살겠는가? 다리가 짧다고 다리를 늘리면 오리가 살겠는가? 무위란 아무것도 안 하는 것이 아니라 작위를 반대하는 것이다. 작위는 자연을 거스르는 억지다. 까마귀는 날마다 씻어도 까맣고, 학은 날마다 씻지 않아도 하얗다. 자연에서는 대소와 미추와 흑백이 아무런 의미가 없다. 하얗다고 학을 까맣게 칠하고, 까맣다고 까마귀를 하얗게 칠하면 되겠는가? 없는 것을 바라지 않고 있는 것에 감사하며 꾸밈없이 살아가는 사람이 맑고 높은 하늘에 가깝다.

24. '짓다'는 막강하다

밥 짓다. 옷 짓다. 집 짓다. 사람이 먹고 입고 사는 살림살이는 다 짓다의 손안에 있다. 그 손안에서 벗어나면 살아남을 자 아무도 없으니, 짓다는 어찌 힘이 세지 않으랴! 우리말 사전을 펼쳐보라. 짓다는 넓은 영토를 차지하고 다스리는 대왕이다.

25. 친절

친절은 선한 행동이다. 그러나 자칫 친절이 지나치면 주제넘은 간섭이 될 수 있다. 혼자 있고 싶은 사람은 혼자 있게 하라. 같이 있고 싶어 하는 사람과 같이 있어라. 필요한 사람이 흔쾌히 받아들일 수 있는 만큼만 필요를 선물처럼 베풀어라. 상대방이 부담스럽게 여기면 여느 선한 행동이라도 멈춰라. 거기서 그 행동을 그만두는 것도 친절이다. 친절을 흑심으로 오해받을 까닭이 없지 않은가? 과유불급이라! 지나침은 모자람만 못하다.

26. 여자와 남자

솜털 같은 여자에게 무쇠 같은 남자가 굴복한다. 보드라운 것이 굳센 것을 이긴다. 강한 것이 약한 것이고 약한 것이 강한 것이다. 산이 높은 것은 골짜기가 깊어서다.

27. 아버지와 아들

아버지는 아들에게 설명하라고 요구하지 않는다, 귀환한 이유를. 아들이 집에 돌아온 것만으로도 아버지는 기쁘다. 귀환이 가출보다 더 어렵고, 깨달음이 용서보다 더 빛난다. 아버지와 아들은 서로 잘 안다. 말이 필요 없다.

28. 밥

그 어느 누가 밥 앞에 머리를 숙이지 않으랴! 사람, 소, 개, 고양이, 까치, 나비, 고래…. 이 세상에 사는 모든 목숨은 신보다 밥에 더 자주, 더 깊이, 더 간절히 고개를 숙인다. 굶주린 자에겐 밥밖에 보이지 않는다. 밥은 신앙이나 신념이나 가치보다 우위에 있는 생명이다.

29. 폭

하느님이 하시는 일을 사람이 과장하거나 왜곡하지 않으면 좋겠다. 폭설, 폭우, 폭서, 폭풍이라는 말로 폭력을 행사하지 않으면 좋겠다. 말이 씨 된다. '폭'이라는 말 대신에 '큰'이라는 말로 순화하면 어떨까? 큰눈, 큰비, 큰더위, 큰바람…. 좋지 않은가?

30. 에라, 어찌 시간이 해결해주랴?

흔히 우리는 힘든 일로 아파하는 사람을 위로하려고, 시간이 해결해준다고 말한다. 그러나 시간이 해결해주지 않는다. 고통스러운 시간을 참고 자기를 극복한 당신이 해결한다. 그런 당신이 고귀하다.

31. 상상이 허황할지라도

동서고금 민중이 바라는 태평성세는 소박하다. 임금이 누구인 줄도 모르고, 아무에게도 간섭받지 않고 사는 세상. 손수 농사짓고 우물 파서 등 따시게 밥 먹고 물 마시는 세상. 풍년 들면 기뻐서 격양가(擊壤歌 : 땅을 두드리며 노래한다)를 흥얼거리는 세상. 해 뜨면 들에 나가 일하고(日出而作) / 날 저물면 들어와 쉰다(日入而息) / 우물 파서 물 마시고(鑿井而飮) / 밭 갈아 밥 먹으니(耕田而食) / 임금의 노력이 나에게 무슨 필요가 있는가(帝力於我 何有哉)? 나 살고 너 죽자는 무한경쟁과 자본 시장에 내모는 신자유주의 사회에 저항하고, 소유욕을 반성하는 뜻에서 이상향을 꿈꿔본다. 부질없는 꿈일지라도. 사람이 허황한 상상이라도 즐기지 못하면, 메마르고 팍팍하고 답답한 삶을 어찌 지탱하랴?

32. 다름

일란성 쌍둥이가 한 강둑에 나란히 앉아 함께 북두칠성을 바라본다. 그런데도 보는 것과 보이는 것이 서로 다르다. 생각 또한 서로 다르다.

33. 사랑

툇마루에 앉아 뜨락을 바라본다.

나비가 꽃을 찾는다.

꽃이 나비를 맞는다.

나비가 날개를 접고 꽃이 꿀을 대접한다.

함께 몸을 뒤섞고 서로 숨을 멈춘다.

어쩔 수 없이 피어나는 곳을, 날아가는 길을 막지 않는 꽃과 나비한테서 배운다.

아프더라도 붙잡는 것이 아니라, 놓아주는 것이 사랑임을.

34. 사랑은 용기다

의(義), 미(美), 선(善)의 머리에는 모두 양(羊)이 산다. 의롭고 아름답고 착한 사람은 양처럼 순하다. 잔머리 굴리지 않고 양처럼 순한 사람이 의롭고 아름답고 착한 일에 앞장선다. 교수에게는 이상한 일이지만, 시위하는 대학생을 보면, 평소에 공부하는 교실에서는 있는 듯 없는 듯 순하나, 불의에 항거하는 거리에서는 용감하게 선봉에 선다. 양처럼 순한 사람이 의와 미와 선에 하나뿐인 목숨을 바친다. 십자가에서 피 흘려 죽은 예수도 양같이 순한 사람이었으리라. 그래서 용감하게 목숨을 바쳐 진리와 죄인을 사랑했으리라. 어미가 자식을 위해 싸울 때 솟는 놀라운 힘처럼, 사랑은 두려움과 주저함을 물리치는 용기다. 노자도 말한다, 자애롭기에 용감할 수 있다고.

35. 질투

내게 주어진 아름다운 은사에 눈멀게 하는 질투. 나를 초라하게 하는 질투. 나보다 뛰어난 사람뿐만 아니라, 나보다 열등한 사람이 잘되는 모습을 아니꼽게 보는 질투. 내게 없는 재능을 가진 사람을 시샘하고 깎아내는 질투. 질투는 남에겐 없고, 내게만 있는 재능을 알아볼 수 없게 하고, 그 의미와 가치도 자각할 수 없게 한다. 사람마다 주어진 은사가 있다는 사실을 왜곡한다. 비뚤어진 질투를 청소해야 감사하는 마음으로 자존감 높게 살 수 있다.

36. 치유하는 숲

한 곳에 함께 살아도 단 한 그루도 같은 나무가 없다. 나무마다 다 다르다. 나무마다 다 다르게 살기 때문이다. 나무마다 다 다르게 살기 때문에 서로 끌린다. 서로 끌리기 때문에 함께 어울린다. 함께 어울리지만, 서로 닮아가지 않는다. 전체가 되려고 개인을 포기하는 나무도 없고, 개인이 전체를 거부하는 나무도 없기에, 숲은 민주이고 건강하고 아름답다. 상생과 존중과 평화로 우거진 숲에 들면, 신열이 내리고 갈등이 풀리고 상처가 아문다.

37. 생활신앙

국밥에 들어간 소금처럼, 밀가루 반죽에 들어간 누룩처럼, 자기 정체성을 잃지 않고, 현실에서 현실을 그리스도 생명 현실로 변혁하는, 실천하는 믿음이 생활신앙이다. 문자의 심부름꾼은 죽이고 정죄하지만, 성령의 심부름꾼은 살리고 자유롭게 한다. 생활 신앙인은 율법의 심부름꾼이 아니라 성령의 심부름꾼이다.

38. 건강과 행복

"사람은 병이 들면 수도사가 되고자 한다. 그러나 병이 나으면 수도사가 되기를 거부한다."라는 말이 있다. 많은 사람이 어려울 때는 자기 삶을 돌아보고 뜯어고치겠다고 하느님께 기도하고 자신에게 약속한다. 그러나 어려움이 해결되면 약속을 저버리고 이전과 꼭 같이 산다. 건강하고 행복하게 사는 방법은 간단하다. 우리가 병들었을 때 약속한 것을 건강할 때 실행하는 것이다.

39. 개구리밥

오오, 절로 대동 세상을 이룬, 꿈꾸는 이 날줄의 힘! 골똘히 들여다보니, 작고 푸른 톱니바퀴들이 하나 어긋남 없이 물 위에서 강강술래를 한다. 별과 별 사이, 수평의 어깨동무같이.

40. 속죄

옛날 강원도에서 버스가 가파른 골짜기로 굴러떨어졌다. 의료진은 환자를 세 가지로 나누었다. 이미 죽은 사람, 앞으로 살 수 있는 사람, 죽을지 살지 알 수 없는 사람. 의료진이 한 환자를 치료하는데 피가 모자랐다. 그런데 죽어가는 사람이 의사를 불러 말했다. "내 피는 오형입니다. 많은 사람에게 맞을 것입니다. 어서 내 피를 뽑아서 다른 사람에게 넣어주십시오. 나는 평생 나쁜 짓만 했습니다. 이 마지막 시간에 좋은 일 한번 하고 싶습니다."

41. 슬기로운 아이

아이가 엄마의 손을 잡고 시장에 따라갔다. 아이는 한눈팔다 엄마의 손을 놓치고 길을 잃었다. 거리는 사람들로 붐볐다. 아이는 갑자기 엄마가 보이지 않아 무서웠다. 엄마, 엄마, 부르며 정신없이 이리저리 길을 헤맸다. 그러다가 아이는 엄마, 엄마, 부르는 대신에 엄마의 손을 놓친 곳으로 돌아가 엄마의 이름을 불렀다. 엄마가 금방 아이를 찾았다.

42. 동시를 쓰는 어른에게

어른이 어린이에게 동시를 가르치는 일은 민망하고 무례하기까지 하다. 어린이가 바라지 않는다면, 굳이 어린이에게 어른이 쓴 동시를 가르치고 읽힐 것까진 없다. 어린이 자체가 동시이고 천사이기 때문이다. 오히려, 어른은 어린이가 쓴 동시를 읽고 배워야 한다. 세파에 시달리고 자본주의와 경쟁에 더러워진 마음을 정화하려면, 자연으로 돌아가 어린이 마음을 되찾는 길뿐이다. 굳이 어른이 동시를 쓰고자 한다면, 어른을 위한 동시를 쓰길 바란다. 동시를 쓰고 읽는 어른은, 그나마 정신이 맑고 마음이 수수하니까.

43. 내 역사는 내가 만든다

내 역사를 아름답게 하는 사람도, 더럽히는 사람도 현재 나다. 지

금 여기서 내가 어떻게 사느냐가 내 역사를 빛나게도 하고 어둡게도
한다. 다만, 나의 추한 과거는 현재에서도 어떻게 할 수 없다. 성찰하
되 얽매이지 말고, 그 추함을 밟고 일어나 지금 여기서 아름답게 살
수밖에 없다.

44. 인문학

마음에서 미움과 메마름을 한꺼번에 씻어내는 암반수는 문학이
다. 천박함과 저급함을 동시에 쓸어버리는 빗자루는 철학이다. 역사
는 오늘에 서서 지난날을 돌아보는 거울이고, 앞날로 도약하는 디딤
돌이다. 문학은 피, 역사는 살, 철학은 뼈다.

45. 예술, 그 필요충분조건

표현의 자유와 사상의 자유가 거세당하고 상상력이 억압당하는
세계에서 작가는 철조망에 갇힌 사자다. 전체주의자에게 이용되는
도구일 뿐. 날카로운 이빨과 발톱을 사용할 수 없이 시멘트 바닥에서
늘어지게 잠을 잔다. 동물원이 떠들썩하게 포효해도 두려워하는 자
가 없다. 예술은 무한한 자유를 먹고 거침없는 세렝게티에서 자라는
동물의 왕 같은 생물이다.

46. 죽음이 삶을 완성한다

잘 죽을 수 있는 사람이 잘살 수 있다. 죽음을 의식한다는 것은. 불안과 두려움을 이기고, 지금 여기 가장 소중하고 값지게 살 이유를 찾고 힘을 얻는 것이다. 잘 죽을 수 있어야 잘 살 수 있다. 삶이 죽음을 낳고, 그 죽임이 삶을 이끌고 완성한다. 해질 때가 가장 아름답다.

47. 사탄

그는 어두움을 좋아한다. 우리 욕망을 부추긴다. 이성을 마비시킨다. 관계를 분열시킨다. 신뢰를 배신으로 갚는다. 절제와 침묵과 평화를 깨뜨린다. 소란과 광기로 난동을 부린다. 낮에 안 하던 언행을 거침없이 하게 한다. 밤에 활개 치는 그는 지하 세계를 지배한 우두머리다.

48. 시가 부활할 때

종이에 쓴 글보다는 노래일 때, 시는 사람들에게 살갑게 다가가 사랑을 받는다. 이때 시가 무덤에서 나온다.

49. 창조자

오늘 내 삶이 못마땅하다면, 지금처럼 살아서는 안 된다. 아플 때 참회하고 다짐한 대로, 생각을 바꾸고, 말을 바꾸고, 행동을 바꿔야 한다. 내 삶이 즐거울 때까지. 하느님은 나를 만들고, 부모님은 나를 낳고, 나는 내 삶을 창조한다.

50. 잊을 수 없는 한 마디

내가 어릴 적에 학교에서 친구와 말다툼하고 집에 돌아와서도 분이 안 풀려 씩씩거릴 때, 어머니는 말씀하셨다. "내가 좋으면 남들도 다 좋단다."하고.

51. 명상

몸과 정신이 잠시 쉬는 것이다. 육체와 영혼이 균형을 이루는 것이다. 마음이 느긋해지는 것이다. 세상에서 가장 아름다운 춤, 멈춤인 것이다.

52. 피에타

진나라 환공이 촉나라를 정벌하려고 장강을 따라 험준한 삼협 물가에 닿았다. 바로 그때, 한 사병이 원숭이 새끼를 사로잡았다. 어미 원숭이는 강 저편에서 새끼를 부르며 슬피 울었다. 군선이 백 리도 가지 못했을 때, 어미 원숭이가 갑판 위로 뛰어내렸다. 떨어지자마자 죽었다. 급사한 사인이 궁금해 해부해보니, 창자가 모조리 마디마디 끊어져 있었다. 중국의 유의경이 쓴 『세설신어』에 나오는 '단장의 고사' 다. 하물며 만물의 영장인 사람은 오죽하랴. 사삼, 오일팔, 세월호, 이 태원 참사로 자기 목숨보다 더 소중한 자식을 잃고 가슴에 묻은 어머 니는!

53. 내 삶의 주인공은 나다

내가 싫어하는 일을 안 하는 건 용기다. 내가 좋아하는 일을 하는 건 행운이다. 내가 하는 일을 좋아하는 건 행복이다. 행복은 아무것 도 안 하는 쾌락이 아니다. 행복은 내가 변화하여 세계를 변화시키 는, 적극적이고 창조적인 삶이 낳는 흐뭇함이다. 녹차를 마시고 우러 나는 향기가 입 안에 퍼지는 맛이다. 내 삶이 향기롭지 않다면, 지금 껏 살아온 대로 살아서는 안 된다. 삶을 전환해야 한다. 싫어하는 일 을 그만두고, 좋아하는 일을 넘어서, 하는 일을 좋아하는 성숙한 삶 으로. 행복도, 불행도, 만족도, 불만족도 내가 만든다. 누구나 자기 삶의 주인공은 자기 자신이다.

54. 독서와 산책

안으로, 독서는 타인과 그의 생각과 과거를 읽고 현재를 직시하는 거울이다. 밖으로, 산책은 자연과 내 생각과 현재를 걸으며 미래를 전망하는 디딤돌이다. 독서와 산책은 시대와 장소를 넘어 안과 밖을 채우고 인간과 자연을 통섭하는 공부다.

55. 좌경과 우경

다섯 사람이 옆으로 나란히 서 있다. 나는 한가운데에 있다. 그런데, 내 왼쪽에 있던 한 사람이 오른쪽 끝으로 가 선다. 나는 왼쪽으로 치우친다. 또, 내 왼쪽에 있던 한 사람이 오른쪽 끝으로 가 선다. 나는 가장 왼쪽에 있다. 나는 단 한 발도 옮기지 않는다. 좌우는 시대에 따라 달라진다. 좌우는 화석이 아니라 유수다. 중요한 건 내 위치에서 내가 어떻게 행동하고 살아가는가다.

56. 늙어서 연애할 때는

사귀려면, 하루라도 젊을 때 빨리 만나고, 날마다 만난다. 헤어지려면, 하루라도 젊을 때 어서 떠나고, 일찍 잊는다. 노년에는 하루가, 한 시간이 황금이기 때문이다.

57. 고진감래

무지개를 보려면 소낙비를 맞고 기다려야 한다. 소낙비가 그치고 무지개가 뜰 때까지.

58. 금

　더하면 더할수록 어둡고 무겁다. 빼면 뺄수록 밝고 가볍다. 금도 색과 마찬가지다. 진흙을 씻어내고 모래를 닦아내고 티끌을 털어내고 마지막으로 남은 것이 금이다. 불순물이 없이 스스로 빛난다. 글과 말이 명쾌해지려면 현학과 미사여구를 없애야 한다. 쉬운 비유를 들어 표현해야 한다. 내 글을 읽고 말을 듣는 사람은 내가 아니라 상대방이기 때문이다. 그가 쉽게 이해할 수 있게 배려한 글과 말이 겸손과 소통의 금이다.

59. 민주주의자

　사회주의에서 정의, 자유, 분배 같은 미덕과 장점을 빼고 남은 찌꺼기가 파시즘이다. 빈곤이 무엇인지 알고, 전쟁과 독재를 혐오하는 사람이라면, 그는 사회주의자다. 가난한 사람을 사랑하는 진정한 사회주의자가 참 민주주의자다.

60. 『오디세이아』 다시 읽기

　남편이 전사해 통곡하는 트로이 여인들 이야기를 전해 듣고, 애통하며 눈물을 흘리는 오디세우스. 승자의 자만에 도취하는 것이 아니라 패자의 고통에 연민과 죄의식을 느끼는 오디세우스. 잔인한 폭력과 학살을 자행한 지난날을 성찰하고 반성하는 오디세우스. 거친 바다, 유혹하는 세이렌 노래, 여러 역경과 싸우면서 끊임없는 자기 극복 과정을 거쳐, 성숙한 인간으로 다시 태어난 오디세우스. 고향으로 돌아온 뒤, 아내와 아버지가 알아볼 수 없을 만큼 정체성이 변모한 오디세우스. 이 사람이 인간 오디세우스다! 트로이 목마 작전으로 전쟁을 승리로 이끈, 용맹하고 지략에 뛰어난 전쟁 영웅보다 더 빛나는.

61. 유혹

『창세기』에서 뱀이 하와를 이렇게 유혹한다.

"하나님은, 너희가 그 나무 열매를 먹으면, 너희 눈이 밝아지고, 하나님처럼 되어서, 선과 악을 알게 된다는 것을 아시고, (동산 한가운데 있는 나무 열매는, 먹지도 말고 만지지도 말라고) 그렇게 말씀하신 것이다."

『오디세이아』에서 세이렌이 오디세우스를 이렇게 유혹한다.

"이리 오십시오. 지략에 뛰어난 오디세우스여! 우리는 그 어떤 인간들보다 많은 것을 알고 있습니다. 그동안 트로이에서 벌어진 일들을 모두 알고 있습니다. 그뿐만 아니라 세상일도 훤히 알고 있습니다! 용맹한 영웅이시여, 이곳에 들러 잠시만 쉬었다 가십시오. 그러면 당신은 지금보다 더 행복하고 더 현명해져서 이곳을 떠날 수 있답니다."

뱀은 세이렌이고, 열매는 노래다. 탐스러운 열매를 먹고 알게 된다는 것, 달콤한 노래를 듣고 현명해진다는 것이 사람을 죽음으로 부르는 유혹이다. 겸손하게 자연에 순응하고 진득하게 자기를 극복하는 삶에 대한 비유와 상징이 돋보이는 두 이야기가 일란성 쌍둥이다.

62. 이승과 저승

살아있는 오디세우스가 죽은 아킬레우스를 하데스 나라, 저세상에서 만나 이야기를 주고받는다.

오디세우스 : 아킬레우스, 당신이 살아있을 때 아카이아(그리스) 병사들은 당신을 마치 신처럼 숭배했습니다. 지금은 그림자들(죽은 자들) 나라에서까지 당신은 죽은 병사들이 존경하는 막강한 통치자가 되었습니다!

아킬레우스 : 오디세우스, 당신에게 솔직히 말하건대, 나는 이렇게 지하 세계에서 죽은 자들의 왕 노릇을 하는 것보다 차라리 비참한 노예의 몸으로 힘든 노역에 시달릴지언정 산 사람의 세상에서 햇빛을 보는 것이 훨씬 더 좋습니다!

개똥밭에 굴러도 이승이 낫습니다.

63. 늙음

눈도 희미하고, 이도 아리고, 다리도 아프고, 숨도 가쁘고, 주름살도 늘고, 살갗도 쭈글쭈글하고, 체중도 줄고, 자꾸 잊고 잃어버리고 흘리고 서운하고, 잠도 안 오고…. 늙음은 불편이다.

64. 열매는 꽃길로 온다

　여주 넝쿨이 대추나무를 타고 용처럼 공중으로 올랐다. 연노랑 꽃을 보다가 용의 입속에 든 여의주같이 무성한 잎 속에 깊숙이 숨은 여주를 찾았다. 아니, 여주가 나에게 들켰다. 식물에게 꽃은 선발대고, 열매는 본대다. 선발대가 개척한 향기로운 길을 따라 본대가 안전하게 온다. 열매는 꽃길로 온다. 엄마 치맛자락을 붙잡고 걷는 아이처럼.

65. 시어

　눈송이보다 진눈깨비가 더 스산하다. 왜냐하면, 진눈깨비는 겨울이 닥친나는 기척이기 때문이다. 김종삼 시인이 「북 치는 소년」에서 "어린 羊의 등성이에 내리는 진눈깨비처럼."이라고 하지 않고, '어린 양의 등성이에 내리는 눈송이처럼.'이라고 했다면, 쓸쓸함을 아름답게 하는 정서가 반감되었을 것이다. "내용 없는 아름다움"이라는 표현이 빛을 잃었을 것이다. 이처럼 시어 하나가 시를 죽이기도 하고 살리기도 한다.

66. 쓸데없는 일과 잘 사는 일

　나를 남과 비교하는 일. 걱정에 나를 가두는 일. 지난날을 붙잡고 나를 괴롭히고 앞날을 두려워하는 일. 이 모든 일은 시간 낭비에 지나지 않는다. 특히, 나를 남과 비교하기 시작하면 감사는 사라지고, 불만은 늘어나고, 불안은 커진다. 잘 살고 싶은가? 정말 잘 살고 싶은가? 그러면 남과 비교하는 습관을 끊어라. 남보다 나은 내가 되는 일이 아니라, 어제보다 오늘, 오늘보다 내일 더 나아지는 내가 되는 것. 이것이 참으로 잘 사는 일이다.

67. 직장인

일요일 오후부터 기압이 낮아진다. 곡예사가 외줄을 타듯, 살얼음판을 조마조마 걷는다. 가장 가파르고 산소가 희박한 고산을 헉헉거리며 오른다. 오르다 보면 수요일에 이르고, 이제부터는 내려가는 길. 긴장과 이완을 되풀이하다가 퇴임. 가까스로 집 한 채 마련한 초로. 어느새 봄날은 가고 무성한 여름을 지나 겨울을 준비하느라 가을 단풍잎이 떨어진다.

68. 향교리 3구 신흥마을

나지막한 언덕에 자리 잡은 조용한 마을. 공기 좋고 물 맑고 골목길 깨끗한 마을. 50채 남짓 살림집이 옹기종기 모여 해바라기하는, 사람들이 사이좋게 사는 마을. 무등산과 추월산이 외성처럼 둘러치고, 죽녹원과 관방제림이 내성처럼 감싸는 마을. 향교, 오일장, 종합체육관, 추성경기장, 담빛음악당, 백진강, 관어정, 국수 거리, 플라타너스길, 프로방스, 병원, 농협, 우체국, 군청, 대학교가 코앞인 마을. 이 마을에서 살기 좋은 까닭은, 그 무엇보다도 착하고 어진 사람들이 살기 때문이다. 아우이자 동지인 최선과 이웃하면서 막걸리, 포도주, 김치, 찰순대와 창평국밥을 먹는 일. 슬픈 일에 슬퍼하고, 시집과 음식과 기쁨을 나누는 일. 교육과 노동과 기후와 지역 현안을 토론하는 일. 어려운 시국을 걱정하고 사회에 참여하는 일. 서로 안부를 묻고 빈집을 들여다보는 일. 어찌 노래하고 춤추지 않은 날이 있으랴!

69. 대나무

그대를 보면 사람이 어떻게 살지 배울 수 있다. 사철 푸르고 단단한 힘은 어디서 오는가? 뿌리로 튼튼히 결속한 연대. 속이 버겁고 불편한 것을 모두 버리는 엄격함. 빈 나이테. 칸칸이 공(空)으로 쌓은 공(功)든 탑. 대인이 올곧고 굳세면서도 매끄러운 것은 연대와 버림과 비움 덕분이다. 사실, 인생이 막히는 까닭은, 새로운 것을 더하지 못해서가 아니라, 불필요한 것을 덜어내지 못하기 때문이요, 가진 것이 없어서가 아니라 나누고 비우지 못하기 때문이다.

태어나서 죽는 날까지
푸르고 굳세고 올곧은
선비다운 기개는 어디서 오는가?
나이테마저 비워 버린 청빈!

칸칸이 공든 목탑,

얽히고설킨 뿌리의 힘이다.

70. 부유한 서민 아파트

간밤에 문고리가 얼었다. 찬바람이 벌거벗은 느티나무를 발로 거세게 차고 달아났다. 노거수가 넘어지는 게 아니라, 70대 아파트 경비원이 쓰러졌다. 느닷없는 심근경색이 엄습했다. 한 아파트 주민이 경비원을 발견하고 곧장 병원으로 모셨다. 다행히 위험한 고비를 넘기고 생명에는 문제가 없었다. 경비원은 벌써 병원비가 걱정이었다.

아파트 주민 가운데 70대 노인들이 모였다. 가난과 설움을 아는 또래였다. 그들이 앞장서서 아파트 동 입구마다 모금함을 설치하고 '경비원돕기운동'을 벌였다. 일주일 만에 넉넉히 모금되어 병원비를 완납하고도 남았다. 잔금을 퇴원한 경비원께 드렸다.

이게 진짜 명품 아파트다!

문학으로 연대합니다

한 이름난 시인이 "일 년에 한 번씩 시집들을 수레에 실어 쓰레기장에 버린다."고 했다는 말을 문우에게 듣습니다. 이 말에서 시집 과잉을 냉소하고 자기를 과시하는 오만이 묻어나옵니다. 동료 시인들이 뼈를 깎아낸 시집을 비하함으로써 자기를 돋보이려는 속내가 못내 불편합니다. 저는 그 비릿한 허영심에 등을 돌리고, 이름나지 않은 시인들이 보이는 향기로운 진심에 눈길을 둡니다.

문단 중심부에 내리는 그들만의 사다리 은총은 제게 닿지 않으나, 이 낮은 변두리까지 기꺼이 태양 같은 시집을 보내주는 시인들을, 그 순수한 열망을 마음 깊이 존경합니다. 돈벌이와 명예와 권위주의에서 떨어져 지내는 저는 유명세로 사람을 가르지 않습니다. 그럴 의도도, 능력도, 자격도 없거니와, 오직 진땀 흘려 글을 쓰는 사람과 그렇지 않은 사람을-판단과 구분을 괄호 안에 묶고-눈여겨볼 뿐입니다. 또한 출판사 간판 크기를 재지 않습니다. 다만, "독자는 독서 하는 순간 자기 자신에 대한 고유한 독자"(밀란 쿤데라, 『커튼』)로서, 겸손히 시를 쓰는 이들을 응원할 따름입니다.

제가 그들에게 보은하는 방식은 소박합니다. 보내온 시집에 실린 시 한 편 한 편을 꼭꼭 씹어 소화하고 참신한 시작법을 배웁니다. 마음을 살찌우는 시를 골라 사람들이 오가는 온라인 공간에 띄우고 애정 어린 지지를 보냅니다. 때로는 문학잡지에 격려하는 소감과 짧은 비평을 싣기도 하고, 따끈한 시집 네댓 권을 사서 아는 사람들에게 선물하기도 합니다. 시인들이 영혼을 살라 거둔 결정체를 서재 가장 안락한 자리에 모십니다. 이것이 제가 할 수 있는 가장 튼튼한 연대입니다.

학창 시절부터 지금까지 편을 가르지 않고 변함없이 국내외 문학과 시인을 아껴왔듯, 앞으로도 이 마음을 이어가려 합니다. 저처럼 이름나지 않은 시인들에게 느끼는 끈끈한 동지애로, 땀 흘려 시를 쓰는 그들에게 기립박수를 보냅니다. 희망과 위로를 담은 시집으로 마음과 서재를 채우다가 민주주의가 풍전등화일 땐 광장에 나가 펜을 응원봉으로 흔듭니다. 시인들뿐만 아니라 문학을 매개로 소수자, 약자, 장애인, 노동자, 가난한 사람들과 한결같이 소통하며 손잡을 것을 약속합니다.

김수영 시인이 노래한 '풀'은 오늘날 우리 문학 지형에서 새로운 의미로 다가옵니다. "바람보다 먼저 울고 바람보다 먼저 일어난다"라는 시구는 억압을 뚫는 저항이자, 무명 시인들이 지닌 질긴 생명력입니다. 화려한 조명을 받는 극소수가 거센 바람처럼 문학판을 휩쓸 때, 독자 마음에 차분히 다가가려고 묵묵히 시를 쓰는 수많은 이가 풀의 형상과 겹칩니다. 이들은 주목받지 못한 채 찢기고 쓰러져도 다시 일어나 다음 시를 쓰고, 기어이 문장을 깁고 엮어냅니다. 이러한 풀의 태도는 작품에 순위를 매기고 문학을 유명과 무명으로 가르는 시각에 정면으로 맞섭니다. 시집을 쓰레기장에 버릴 수도 있지만, "시집을 수레에 실어 쓰레기장에 버린다"는 말에서 풍기는 허세가 불편한 까닭은, 문학 토양을 지탱하는 풀뿌리 존재들을 얕잡아 보았기 때문입니다.

문학은 권력 구조를 장식하는 수단이 아닙니다. 오히려, 권력 구조를 타파하는 무기입니다. 자유와 운명이 불러낸 시인들이 펴낸 시집, 지역 소형 출판사에서 어렵사리 발간한 책들이 모여 건강한 문학 숲을 이룹니다. 크고 작은 출판사가 다양한 빛깔로 존재하고 서로 존중해야 합니다. 그래야 상생하는 출판 민주주의가 꽃을 피웁니다. 김수영의 시는 우리에게 분명한 통찰을 줍니다. 진짜 생명력은 아득한 꼭대기가 아닌 아늑한 바닥에서 솟아오르며, 먼저 쓰러지는 이들이야말로 가장 먼저 깨어나는 존재라고 말입니다. 풀은 자신을 뽐내지 않습니다. 그저 울고 일어나는 반복으로 진정성을 증명하며 온몸으로 밀고 나아갑니다. 누가 알아주지 않아도 그 창작열은 쓰러졌다가 더 강하게 되살아나는 풀처럼 금세 푸른 기운을 뿜습니다. 시는 공갈빵처럼 부풀린 이름이나 전세 낸 듯 차지한 유행으로 완성되지 않습니다. 먼저 울고 먼저 일어나는 풀들의 끈질긴 몸짓으로 살아남습니다. 이는 변방에서 고통과 맞서며 자생하는 봄까치꽃의 맥놀이, 소리 없이 강한 떨림을 되새기게 합니다.

시인 몫이 쓰러지고 다시 일어나는 진정성에 있다면, 독자가 할 수 있는 일은 그들을 지지하는 부드러운 바람이 되어주는 것입니다. 논두렁 봄까치꽃 같은 시집을 받아 들고, 시 한 편 한 편을 정성스레 읽는 행위는 문학 생태계에서 무엇보다 중요한, 사람 냄새 나는 실천입니다. 이러한 독서는 단순한 평가가 아니라 경청이며, 응원은 권위를 씌워주는 왕관이 아니라 어깨를 겯는 연대입니다. 독자가 온라인 공간에 남기는 격려, 문학잡지에 싣는 비평, 서재에 차곡히 쌓아둔 시집은 풀을 다시 일으키는 훈풍이 됩니다. 이 선량한 참여야말로 시인을 다시 책상 앞에 앉히는 힘입니다.

앞으로 우리 문학을 풍성하게 채울 작품들 역시 그 풀의 연속일 것입니다. 새로운 문장들이 나지막한 자리에서 조금씩 싹을 틔우며 다시 일어서고, 쓰러지며, 또 피어날 것입니다. 한국문학은 바로 그 조용한 생명력과 독자가 꾸준히 정독하고 경청하는 비옥한 토양에서 건강하게 자라고 거듭날 것입니다. 우리는 지금, "그 책이 없다면 스스로 보지 못했을 것을 볼 수 있도록 작가가 독자에게 제공하는 일종의 광학기구"(마르셀 프루스트, 『잃어버린 시간을 찾아서』)가 될 작품을 창조하는 작가와 독자라는 이름으로, 문학이 지닌 참된 가치를 확인하고 있습니다.

푸조나무 아래서

펴낸날 2026년 3월 30일

지은이 김정원
펴낸이 주계수 ｜ **편집책임** 이슬기
교정편집 이한비 ｜ **꾸민이** 이슬기

펴낸곳 밥북 ｜ **출판등록** 제 2014-000085 호
주소 서울시 마포구 양화로 156 LG팰리스빌딩 917호
전화 02-6925-0370 ｜ **팩스** 02-6925-0380
홈페이지 www.bobbook.co.kr ｜ **이메일** bobbook@hanmail.net